KINGDOM
キングダム

KINGDOM
キングダム

映画ノベライズ

KINGDOM
キングダム

原作 原泰久
小説 藤原健市

人物紹介

信
戦争で身寄りをなくした孤児ながら、幼馴染の親友の漂とともに武功を上げて「天下の大将軍になる」ことを夢見る。

漂
孤児で信の幼馴染で親友。ともに里典の下に暮らす。

嬴政
秦国の若き王。後の始皇帝。腹違いの弟・成蟜が起こした反乱により王宮を追われる身に。

楊端和
山の民を武力で束ねた、美しき山界の王。

河了貂
鳥を模した不思議な蓑を被った、山民族の末裔。

成蟜
嬴政の異母兄弟。実母が王族の血を引いている。反乱を起こす。

壁
昌文君の副官。嬴政に忠誠を尽くす武将。

目次

昌文君

嬴政に忠誠を尽くす第一の側近。

騰

王騎の副官であり、常に傍らに控え忠義を尽くす武将。

王騎

秦の「六大将軍」最後の一人。列国に名を轟かす大将軍。「秦の怪鳥」の異名を持つ。

映画「キングダム」

原作：原泰久「キングダム」（集英社「週刊ヤングジャンプ」連載）
監督：佐藤信介
脚本：黒岩勉　佐藤信介　原泰久
音楽：やまだ豊
音楽：映画「キングダム」製作委員会
製作プロダクション：ＣＲＥＤＥＵＳ
配給：東宝　ソニー・ピクチャーズ エンタテインメント

序章

荒れた野を、一台の馬車が行く。

御者《ぎょしゃ》は二人。馬が引いているのは粗末な造りの、しかし堅牢《けんろう》な、車輪のある木製の檻《おり》。

奴隷商人の馬車である。

檻の中には、年端《としは》もいかない数人の子供たち。

戦《いくさ》で焼き出された孤児か、口減らしのために親に売られた子供か。

いずれにしても彼らの未来は決まっている。

何所《どこ》とも知らぬ場所に連れていかれ。誰とも知らぬ何者かに買われ。

家畜同様に、いや場合によっては牛馬以下の扱いで、死ぬまでこき使われるのみ。

ただ、下僕としての生涯を送るのだ。

そんな未来を知っているからか、子供たちに表情はない。生きながらにして死人の顔である。

これからどうなるのだろう。それすらも考えてなさそうだった。

少年の一人が閉ざしていた眼をうっすらと開けた時。

ふと、馬車が止まった。

御者の一人が地平を見やり、ぼそりと呟《つぶや》く。

「……おい。あれ……王騎《おうき》将軍じゃねえか?」

将軍。その言葉に、檻の中の少年たちもはるか道の先に目を向けた。

地平がうっすらと土煙で霞《かす》んでいる。その中に翻《ひるがえ》る、幾つもの旗。

旗の種類は二つ。一つには、秦《しん》の文字。もう一つには、王の文字。

大地に岩でも転がしているかのような低い地鳴りに似た音が、徐々に大きくなっていく。

近づいてくるそれが、数千の兵士を従えた大規模な騎馬隊だと見て取れた。

地鳴りのような音も土煙も、騎馬と歩兵の行軍のせいだった。

もう一人の御者が、感嘆の息を漏《も》らす。

「さすがは天下の大将軍。立派なもんだなぁ……」

騎馬隊の先頭。一際目《ひときわ》を引く金属の甲冑《かっちゅう》に身を包んだ偉丈夫《いじょうふ》が、大人の男の背よりもはるかに長い巨大な矛《ほこ》を脇に抱え、馬を駆っている。

かつての、六大将軍の一人。

秦の怪鳥《かいちょう》、王騎。

その様は、まさしく威風堂々。

何者にも決して我が道を阻《はば》ませぬという力を、目にしたもの全てに感じさせる存在だった。

最初に目を開いた少年が、前のめりになって檻の枠にしがみつく。

「……すげぇ」

その表情は、先ほどまでの死人のものではない。

頬をほころばせ、瞳を輝かせている。

未来を夢見る、子供の顔だった。

時に紀元前二五五年。

未《いま》だ統一されぬ中華西方の大国、秦での出来事である。

少年の名を、信《しん》といった。

第一章

下僕の少年、立つ

「これからお前が寝起きするのは、ここだ。とっとと入れ」

ボロ布を纏《まと》った信《しん》よりは幾分ましな身なりの中年男が、どんっと乱暴に信の背を押した。

里典《りてん》。信を奴隷商人から買った男である。

「痛《いて》えな、おい！」

思わず信は文句を付けた。

ふんと里典は鼻を鳴らす。信の反抗的な態度を咎《とが》めないのは、気遣《きづか》ってのことなどではない。

取り合う気がまったくないだけだ。

「明日から日の出と共に仕事だ。いいな？」

言い置き、里典は去っていった。

「ちっ。飯ぐらい食わせろってんだ、ったくよ」

文句を吐いても、もはや里典には届かない。

信は改めて、これからの住まいとなる納屋《なや》の中を見た。

納屋の奥。土間に薄汚れた藁《わら》を敷いただけの寝床に、薄汚れた姿の少年が座っていた。

「……。漂《ひょう》だ」

漂と名乗った少年は、信と同じくらいの歳だった。どうやら下僕の先輩らしい。

「俺……信」

たった一言ずつ、名乗りあっただけの出会い。

これが信と漂の未来を——

そして、秦《しん》という国の未来を変えることになると、彼らにはまだ知る由《よし》もない。


里典の下僕としての、信の生活が始まった。

覚えるべき仕事は多い。その一つが薪《まき》の備蓄だ。

薪に適した木を山で切って持ち帰り、薪に加工して乾燥させるために積む。ただそれだけの単純な作業だが、信はさっそく主の里典から叱責《しっせき》を受ける。

薪を納屋の横に積む信の背を、里典が鞭《むち》で打つ。

「痛《い》てて！」

ぎくりとして振り向く信。何を怒られたのかわからない。

「違う！　何度も言わせんな！　適当な作業をしたらまた叩くぞ。わかったな？　おい漂、この不器用に教えてやれ。いつまでも使えないんじゃ困るからな」

不愉快そうに里典が立ち去る。その背に信は小声で毒づく。

「くそ。こんなとこ、すぐに抜け出してやるぜ」

下僕の先輩の漂は、近くで薪割りをしている。太い切り株を台にし、両手斧《おの》で丸太を割って薪にするのだが、子供の漂では力が足りず簡単には丸太が割れない。

斧を振り下ろしても刃が丸太に食い込むだけだ。刃を食い込ませたままの丸太を斧ごと振り上げ、切り株に叩きつける。刃が少しだけ丸太に深く食い込む。

同じ行動を何度も繰り返し、やっと丸太が割れた。

子供の信や漂には、たかが薪割りでも重労働なのだ。

漂が作業の手を止めずに、ぼそりと言う。

「抜け出すなんて。できるわけないだろ」

「なんでだよ」

と信。漂が淡々と返す。

「下僕は大人になっても下僕。下僕の子供も下僕。一度下僕に落ちると、ずっとそうなんだ」

「……」

無言の信。漂が割った薪を一本手に持ち、信へと向ける。

「でもな。一つだけ、こんな生活から抜け出す手がある──剣、だ」

「は？　剣？」

きょとんとした信に、漂は剣のように手斧を掲《かか》げてみせる。

「ああ、剣だ。この秦という国は、中華の中でもただ一つ、戦《いくさ》で手柄を上げ続ければ下僕から抜け出せる国なんだ」

「剣……」

その時。信には漂の掲げた手斧が一瞬、剣に見えた気がした。

拗《す》ねていた目に光が宿る。

「──剣、か。よぉし。じゃ、どうすりゃいい！」

「はやるな、信。先に薪割りをやっちまおう。そしたら新しい薪の材料集めにでかけられる。

話はその時だ」

「おう、わかった！」

里典に叱責《しっせき》されたことも忘れ、信は漂と共に作業に励んだ。

剣の腕を鍛え、この生活から抜け出す。

たった一つだが目的ができた。それだけで信の心は弾《はず》んでいた。


「……で？　これが、剣？」

薪の材料集めに来た里山で、信は漂から木の棒を一本、渡された。

握るのにちょうどよい太さの木の枝を片手剣ほどの長さにして、余分な部分を切り落としただけのものだ。

到底、剣と呼べるものではない。

「なんの冗談――」

「はアッ!!」

同じような木の棒を持った漂が、唐突に襲いかかってくる。

振り下ろされた棒を、信は己《おのれ》の棒でかろうじて受け止めた。

「なにすんだよ、いきなり！」

続けて漂が棒を振るう。防御している信は、その手応《てごた》えで漂が本気だと悟った。

やりかえさなければ、やられる。

「ルあっ!!」

漂の棒を弾《はじ》き飛ばすように、信は全力で返した。

打ち付けあった棒が乾いた音を立てて互いに欠け、木くずを飛ばす。

わずかに漂が距離を取り、片手剣を扱うように棒を構え直した。

「これから。一万回、勝負しよう」

「あ？　一万回!?　——て。何回くらいだ？」

ぱちくりと漂が目を瞬《しばた》かせた。ふっとその気配が緩《ゆる》む。

「……一万回は、一万回に決まってる」

「だから。何回くらいだっての」

「…………たっくさんだよ」

明らかに漂は呆《あき》れている。だが信は気にしない。今、肝心なのは別のことだ。

「一万回、勝負したら。将軍になれんのか？」

漂の顔から呆れの色が消える。に、と意味ありげに笑む。

「ああ、なれる。天下の大将軍に、なれるっ！」

「……天下の……大将軍……」

信の脳裏に、奴隷馬車の中から見た光景が蘇《よみがえ》った。

地平を土煙で霞《かす》ませるほどの軍勢を率いた、あの堂々とした将軍。

その姿に、遠い未来の自分の姿を重ねて見る。

信の目に強い光が宿った。前に進まんとする意志の証《あかし》だ。

「隙《すき》あり!!」

漂の打ち込みに信はとっさに応じられず、まともに棒を身体に受けて後ろに転ぶ。

だが、その顔は痛みに歪《ゆが》んでなどいない。笑みすら浮かんでいる。

漂が棒の先端を信の顔に突きつけた。

「ほんとに殺す気で一万回勝負したら、絶対に大将軍になれる」

信は突きつけられた棒の先端を片手で払い、立ち上がる。

「よーし。俺も天下の大将軍になってやる！」

「一緒にこんなとこ抜け出すぞ！」

「っしゃッ!!」

信と漂は同時に後ろに跳び、即座に剣を構えて地を蹴った。

この時から、信と漂の勝負の日々が始まった。


風の日も雨の日も、決して休むことなく。

二人は日に何回も、里典の目を盗んでは仕事の合間に勝負を繰り返した。

初めの頃に使っていた木の棒はすぐに折れ、頑丈な丸太を削って木剣《ぼっけん》を作った。

見た目こそ雑で粗末だが、人を殴《なぐ》り殺せるような代物《しろもの》だ。

そして季節は幾度も巡り。木剣さえ、二人は度重なる激しい打ち合いで何本もへし折った。

剣を振るうものとして、強くなった。その証である。

出会った時の面影《おもかげ》は、わずかに残るのみ。二人は、士族《しぞく》の子息ならば初陣《ういじん》を飾る年頃になっている——身分は変わらず、下僕のままだが。

今日も信と漂は木剣を手に勝負をしていた。

「ルあっ！」

信が鋭く、漂へと木剣を振り下ろす。まともに入れば鎖骨《さこつ》程度は楽にへし折れる一撃だ。

漂が最小限の動きで攻撃をかわす。かわす動作が剣撃へと淀《よど》みなくつながる。

流れるような漂の反撃を、予想通りとばかりに信は木剣で受け流し、そのまま攻撃に転じた。

轟《ごう》、と空気さえ唸《うな》らせる強烈な横薙《よこな》ぎ。

避けきれない漂が、木剣を胴体に沿わせて受け止める。

「だっしゃあッ！」

構わず、信は木剣を振り抜いた。漂の身体が大きく吹っ飛ぶ。

「この馬鹿力が！」

漂が体勢を崩した。好機、と信は跳ぶ。

「もらった！」

漂の脳天めがけて木剣を振り下ろす。すんでのところで漂が避けて距離を取る。

大振りの一撃を放ったため、信は追撃できなかった。

「くそ！」

「殺す気か、お前！」

と漂。その文句を信は笑い飛ばす。

「なにを今さら言ってんだ！　あの日からずっと、互いにそのつもりだろうが！」

「そりゃそうだ」

軽い調子で漂が返した。ふと視線を信から外し、木剣で明後日の方向を指し示す。

「あ。鳥だ！」

漂の仕草は明らかな振りだ。騙《だま》される信ではない。

「誰が引っかかるか！　今度こそ――」

信は剣を構え直す途中で動きを止めた。対峙《たいじ》する漂の、その向こう。

この辺りでは見かけない、立派な身なりの男が一人、こちらを見ていた。

「おい、漂。あれ、誰だ？」

漂は信の素振りを、先ほどの自分と同じ欺瞞《ぎまん》の策と判断したようだ。

「お前も芸がない！」

容赦《ようしゃ》のない一撃が、信の頭に入る。こーんと乾いたよい音がした。

声を上げる間もなく信がぶっ倒れる。

漂が快哉《かいさい》を叫ぶ。

「取ったぁ！　はは！　これで一二五三戦、俺の三三四勝三三二敗五八七引き分けだ、二差ついたのは一年ぶりだな！」

喜ぶ漂の足下。信はぴくりとも動かない。脳しんとうを起こしているらしい。

「あ。いいところに入っ……」

言いかけて漂が背後を見やる。信の先ほどの言葉が嘘ではなかったと気付いたようだ。

意識を取り戻した信がカハッと息を吐き、跳ね起きる。

「なんなんだよ、おっさん！　あんたのせいでっ！」

信は木剣を片手に、男へと詰め寄ろうとした。信の前に漂が回り込む。

「やめとけ、信っ」

「止めるんじゃねえよ、漂！」

男のさらに向こう。数頭の馬と共に、剣と鎧《よろい》で武装した数人の兵士がいた。

どう見ても、この辺りの人間ではない。

漂が声を潜めて告げる。

「あれだけの兵士を従えているんだ、かなり位《くらい》の高い士族だぞ」

士族。信はそんなの関係あるかと口に出しそうになったが、漂の真剣な表情に口をつぐんだ。

揉《も》め事は、損。それくらいはわかるが、気分はよくない。

信の顔に不快感が出る。だが、士族の男は気にしないらしい。

「お前ら。どこで剣術を習った？」

士族の男が声をかけてきた。

信と漂は顔を見合わせた。漂がなんと返そうかと思案するような顔になる。

KINGDOM
キングダム

「別に。誰からも、習っちゃいねーよ」

漂より先に、信が不快感を隠さず応じた。

「そうか」と士族の男が、なにかを確かめるように信と漂を眺め回すと、

「邪魔した」

素っ気《そっけ》なく言い踵《きびす》を返した。そのまま振り返ることなく兵士たちのほうに向かう。

その態度に、信はさらに不愉快になった。

「だからなんなんだよ！　おい！　おっさん！」

声を荒らげる信の肩を、漂が片手で押さえる。

「やめろって」

士族が下僕の言うことをまともに取り合うはずがない。そこまできっちり説明されなくても、信にもそれはわかる。

——見てろよ。いつか無視できねえくらいに身を立ててやる。

——この剣で。

信はきつく剣を握り直し、去っていく男の背を睨《にら》みつけた。

×　　×　　×

士族の男は、背に投じられる好意的ではない視線に気付いていた。だが無視をする。

下手《へた》に相手と揉めたりすれば、場合によってはあの下僕の少年たちを断罪しなければならなくなるからだ。

それは決して利にならない。特に、聡《さと》そうな少年のほうは失うには惜しい。

——漂、と呼ばれていたか。あの少年。

士族の男を迎えた兵士の一人が、問う。

「お声がけなさるなどと。なんです、あの小僧ら」

士族の男が真剣な顔で返す。

「暗雲を切り裂く出会いになるやもしれんぞ。急ぎ戻る」

「え？」

士族の男は、馬と兵士たちを残して先を急いだ。

「お、お待ちください！」

兵士たちが慌《あわ》てて、馬を引いて士族の男を追う。

士族の男がなにをそんなに急いでいるのか、兵士たちにはわからない。

暗雲を切り裂くと告げるほどに、士族の男にとって、信たちとの出会いは僥倖《ぎょうこう》であったのだが、その理由が明らかになるのは、今しばらく先のことである。

×　　×　　×

信と漂は士族の男と出会った後、今日の分の薪の材料を集めて背負子《しょいこ》に満載し、里典の家へと帰ってきた。

家の前。里典と共に見知らぬ――いや。見覚えのある男が、立っていた。

先ほど信たちに声をかけてきた士族の男である。

士族の男に、里典はぺこぺこと繰り返し頭を下げている。

「ええ、すぐ。すぐに帰ってきますので……あっ！　戻ってきました！」

里典が慌てたように信と漂のほうへとやってくる。

「お疲れさま、漂くん！　ささ、こっちへ」

里典が強引に、漂に背負子を下ろさせた。集めた薪の材料が散らばるが気にする様子はない。

信は首を傾《かし》げた。

「漂、くん……？」

そんな信を残し、里典が漂を士族の男の前に連れていく。

士族の男が、こんな家を訪れた理由。信には思い当たるところがあった。

「なーるほど！」

信は背負子を放り出し、漂に続こうとした。

「おっさん、俺たちの腕を見込んだな。よぉし！　話を聞こうじゃない！」

行く手を里典に阻《はば》まれる。

「お前はそこで仕事をしてろっ！」

「うえっ？」

問答無用で、信は寝起きしている納屋《なや》に叩き込まれた。さらに戸を閉められ、外からつっかえ棒までかけられる。

「おいっ」

信は納屋の壁にある明かり取りの隙間から文句の声を飛ばした。

だが里典は振り向きすらしない。漂を促《うなが》し、士族の男の前に正座する。

信は壁の隙間に顔を押し付け、耳を澄ました。

一体、漂はどんな話を聞かされるのか。気にならないわけがない。

里典が改まった口調で告げる。

「漂よ、このお方は昌文君《しょうぶんくん》様とおっしゃって、大王様に仕える大臣のお一人であられる」

「！」

漂が目を丸くし、勢いよく土下座した。額《ひたい》は地面に押し付けられんばかりだ。思い出したかのように里典もあたふたと平伏する。

大王。大臣。

その単語に信は思わず声を上げそうになった。息と共に飛び出しかけた声を無理矢理に呑《の》み込み、いっそう耳をそばだてる。

昌文君と呼ばれた男が漂を見下ろし、話しかける。

「漂よ、明日より、お前は王宮で働くのだ」

仕官の誘いの言葉だ。再び信は大声を出しそうになったが、どうにか堪《こら》える。

──すげえことになってきた！

自分のことのように信は嬉しくなり、同時に緊張した。ごくりと息を呑み、漂の返事を待つ。

漂が、平伏したままびくりと身を震わせた。

「……私が、王宮で……」

うむ、と昌文君が一つ頷《うなず》く。

「ここでは話せぬが、お前には重要な任に就《つ》いてもらう。戦災孤児のお前には二度とない絶好の機会だ」

──すげえじゃねえか、漂！　さっさと請《う》けろよ!!

じれる信。一方、だが漂は無言を保った。

沈黙の後、漂がおそるおそるというように声を発する。

「……でしたら。信も一緒に」

里典ががばっと身を起こし、露骨《ろこつ》にうろたえる。

「な、なにを言っているのだい、漂くんっ？」

昌文君は落ち着き払ったまま問う。

「信……一緒にいたあのガキか？」

ばっと漂が頭を一度上げ、改めて額を地に押し付けた。

「はい！　信には私と同等の力があります。必ずお役に！」

漂の言葉に、信は三度《みたび》、声を漏《も》らしそうになった。余計なことをと思う反面、もしそうなればこれ以上の幸運はないと喜びが湧く。

だが、それはつかの間のことだった。

「わしが連れていくのは漂、お前だけだ」

きっぱりと昌文君が告げた。里典がどこか安堵《あんど》したような顔になる。

「漂くん、素直にお請けしなさい」

漂は頭を下げたまま、短い沈黙を挟んで答える。

「……一日。考えさせてください」

里典がどたばたと立ち上がった。

「漂っ！　お前、なにを言っているのか、わかっているのか!?」

昌文君は険しい表情だ。短い沈黙を挟み、告げる。

「よかろう。一晩のみ待とう」

「ありがたく存じます」

平伏したまま、漂。昌文君が漂と里典の前から離れ、振り向くことなく去っていく。

――漂、お前。

信は見たものも聞いたことも信じられず、ただじっと漂だけを見つめていた。

昌文君が去った後。気まずさから信と漂は一言も会話をせず、夜となった。

ねぐらの納屋。敷き藁《わら》の上に信と漂は少し離れ、互いに背を向けて横になっている。

夜もかなり更《ふ》けているが、二人とも眠れずにいた。

「聞いてたんだろ。昼間の話」

沈黙を破ったのは漂だ。信は無言。肯定《こうてい》したも同然だ。

漂が言葉を続ける。

「俺たちは。二人で這《は》い上がっていくために、これまで一緒に鍛えてきた。俺たちが目指すは――」

『天下の大将軍』

漂と信の声が重なった。再び信は黙り込む。

「ああ、そうだ。でも俺だけ、あんな裏道を使うわけにはいかない」

自分のせいで漂が仕官を諦《あきら》める。そんなことなど信は望んでいない。望むはずがない。

――なん、だと。

「馬鹿か！　俺に気なんか遣《つか》いやがったらッ！」

怒鳴り、信は跳ね起きた。

許さねえ。なんなら、ここでぶん殴《なぐ》る。

固めた拳を、しかし信が振り下ろすことはなかった。

納屋の隙間から差し込む月明かりに浮かんだ漂の顔が、笑っていたからだ。

「なーんて言わないぜ、信」

二人、しばし言葉はなく見据え合う。

再び沈黙を破ったのも漂だ。

「──俺は、行く」

「ああ！」信は破顔《はがん》一笑した。

「行ってくれ、漂。おっと、その前に。一戦、交えていかねえか？　いい月夜だからよ」

「乗った。三勝、差を付けていってやる」

「抜かせ。これから二連勝して五分に戻してやるっての」

軽口を叩きつつ、信と漂は納屋を出た。家から少し離れた場所に隠した木剣を取りに行き、その場で互いに剣を構える。

「ふオッ！」

先に漂が仕掛けた。小細工なしの強烈な打ち込みを、信が正面から木剣で受ける。

「信！　二人の行き着く場所は同じだぞ！」

漂のまなじりに、信は光るものを見た。月明かりを撥《は》ねているそれは、涙。

思わず信も涙ぐむ。涙がこぼれる前に、強引に漂を剣ごと押しのけた。

「すぐに追いついてやらぁ！」

「この戦いの続きはまたやるぞ！　稽古《けいこ》サボんなよ！」

「ああ！　待ってろ、漂!!」

流れる涙を拭《ぬぐ》いもせず、信と漂は木剣を振るう。

皓々《こうこう》と月が照る山野に、木剣の交わる乾いた音が途切れることなく響き続ける。

漂が去り、月日は流れた。信は漂の分まで自《みずか》ら望んで働いた。

二人分の荷を一人で運び、二人分の薪割りを一人で行い、二人分の野良《のら》仕事を一人でこなす。

そのうち、三人分、四人分と仕事をこなせるようになった。

日々の労働も、身体を鍛えるためになら苦にならない。

ただ、強くなるために。いつか再会する漂に、誇れる己になるために。

信は一人でも剣の修練を続けた。労働の間に休憩など取らず、木剣を振るう。

的《まと》は人の形に組んだ丸太。その頭代わりに据えた岩を木剣で割る。

それが信の目標だ。木剣で岩が割れるはずがないと誰もが笑うだろうが、その程度の不可能を覆《くつがえ》さずして、下僕が将軍など目指せようか――

そう信じて始めたことだったが、岩はさすがに、岩だった。

割れるどころか、ろくに欠けすらしない。

それでも諦めず、日々、労働の合間に岩を打つ。風の日も、雨の日も。

雨の中。疲れた信は、濡れた大地に背中から倒れ込んだ。

「漂！」

届くはずはないが、声を張る。

「王様んとこで暴れまくってっか？　くっそー、うらやましいぜ！　漂、待っててくれよ！

追いついてやっからな！」

信は咆吼《ほうこう》を上げ、立ち上がった。そして木剣を構えて高く跳ぶ。

落下の勢いで木剣を岩に突き立てる。折れたのは木剣のほうだった。


ある日。岩は真っ二つに割れ、木組みの人型から地に落ちた。

そこには、たくましく成長した信の姿があった。


目標だった岩を割った後も、信は毎日、疲れて倒れるまで剣の修練を続けた。

その夜も疲労で熟睡していたが、大きな物音で目を覚ました。

どん、という鈍《にぶ》い音だった。納屋の入り口の戸になにかがぶつかったらしい。

藁の寝床から身を起こし、あくびを一つして立ち上がる。

「なんだ？」

信は無造作に戸に歩み寄り、開けようとした。妙な手応《てごた》え。なにかわからないが、戸にもたれかかっているようだ。構わず信は戸を開く。

ずちゃりという湿った音と共に、戸にもたれていたものが納屋の中へと倒れ込む。

「うえっ!?」

血まみれの男だった。突っ伏しているため、顔は見えない。

男の傍《かたわ》らに鞘《さや》に納まった剣が落ちていた。この辺りの農民が持てるはずのない立派な代物だ。

それだけで男の身分が高いとわかる。

「う」と男が小さく呻《うめ》き、顔を信のほうへと動かした。

乱れた髪から覗《のぞ》くその横顔に、信の息が止まる。

――そんな、まさか。

――どうして、お前が。

――そんな姿で、こんなところに倒れてるんだよ。

――こんなこと、悪い夢だ。夢を見てるに決まってる。

「…………ただいま…………信」

しかし全ては現実だった。今にも途絶えそうなその声は、紛《まぎ》れもなく漂のもの。

血まみれで倒れているのは、間違いなく漂だった。

「漂ォォォォオオオオッ!!」

信は、がばっと漂を抱き起こした。身体に腕に、漂のものと思《おぼ》しき血がべっとりと付くが、気にすらしない。

漂の息は途切れ途切れで浅く、喉《のど》がひゅうひゅうと細い音を立てている。

半ば閉じかけた目は虚《うつ》ろで、視線は宙を泳いでいる。

信が抱えた漂の身体は、すでに体温を失いかけていた。

今にも命の火が消えそうな有様だ。漂の意識をつなぎ止めるため、信は懸命に呼びかける。

呼びかけというよりも、もはや怒声だ。

「しっかりしろ、漂!! 目を開けろ! 開けるんだッ!!」

焦点《しょうてん》の合わない漂の目が、信を映した。呼びかけに応《こた》えてくれたようだ。

「漂ォオオッ!!」

信の叫びを聞きつけたか、母屋《おもや》から里典がやってきた。

「何事だ、信? 盗人《ぬすっと》か?」

怪訝《けげん》そうな里典の声に、信は大声で懇願《こんがん》する。

「頼む、里典! 医者を! 早く医者を!!」

「医者……? ひっ」

里典が血まみれの漂に気付き、顔を引き攣《つ》らせた。明らかに動揺し身を固くしている。

里典は動いてくれそうにない。こうなったら俺が漂を抱えて医者に運ぶしかない、と信は漂を抱えて立とうとしたが、小さく漂が首を振る。

「信……痛みがない……医者は、もういい」

「もういいって、お前!」

必死の形相の信に、漂が弱々しく微笑んだ。

「最後に信の声が、聞けてよかった……」

「最後って冗談じゃねぇよっ! 勝手に死ぬな!!」

「いいから聞いてくれ、信」

真剣な目で漂が訴える。これから伝えられることがどれほど大切か、信には理解できた。

友の言葉を一言たりとも聞き逃すまいと、信は口を閉ざした。

漂が、最後の力を振り絞るように言葉を紡《つむ》ぐ。

「王宮で、大王の弟が反乱を起こした。その力は強く、執念深い。俺の血をたどって、まもなく追手がここへ来るだろう。里典、その時は見知らぬ人間が勝手に納屋で死んだということに。亡骸《なきがら》はされるがままに……」

黙っていられず、信は叫ぶ。

「誰にも、さわらせねえしッ！　追手なんざ、一人も生かしちゃ帰さねえッッ!!」

漂が嬉しそうに、わずかにだが頬を緩めた。

「信……その威勢が聞けて嬉しいよ。だけど、お前には頼みたいことがある」

「頼み……？」

漂が信に震える手を伸ばした。なにかを受け取ってくれという仕草だ。

「ここへ……」

信は漂の手を握り返した。手渡されたのは、くしゃくしゃに丸められた布きれだった。

「地図だ。ここより西、黒卑村《こくひむら》の近くの。これを、お前に渡しに来たんだ。今すぐそこへ行ってくれ」

「どういうことなんだよッ！　わけが、わからねえッ！」

こうしている間にも、漂の体温は失われていく。

明らかに死が近づいている漂が、カッと目を見開いた。

「いいな、信ッ！　託したぞッ!!」

命の残りを燃やし尽くすかのように漂が強い口調で告げ、信の首に両腕を回し、抱きついた。

一瞬だけ力強さを感じた信だったが、すぐに気付いてしまった。

漂の身体から、力が失われていく。

命の火が、消えていく。

「わかった、わかったから死ぬんじゃねえッ！」

信は漂の身体を両腕で固く抱き返し、漂の耳元でさらに叫ぶ。

「おい！　二人で天下の将軍になるんじゃねえのかよッ!!　一緒に、天下の将軍にッ!!」

「……なるさ」

信の耳元で、漂がささやく。声はかすれ、もはや吐息《といき》のようだ。

「信……俺たちは……力も心も等しい……二人は、一心同体だ……お前が羽ばたけば……俺も……そこにいる……信……俺を天下に……連れてって……くれ………」

ずるり、と信の首に回していた漂の腕が落ちる。

その手を慌てて信は摑んだが、漂はもう握り返してはくれない。

血と泥で汚れた漂の顔に、信の涙が一つ二つ、滴《したた》り落ちる。それでも漂に反応はない。

漂は、事切れていた。

その身体からは、なんの力も信は感じられない。ただ重いだけだった。

信は、漂の亡骸をきつく強く抱きしめた。

「う……ううう……うわあああぁッ！」

信は両目から涙を溢《あふ》れさせ、天を仰ぐ。

「漂ォォォォォオオオオオオオオオオッ!!」

友の名を絶叫した。そして漂を横たえると、漂が持ってきた立派な剣を手にして立ち上がる。

漂が来た方向に視線を投じる。月明かりの中、点々と続く血痕。

その先に。漂を殺した敵がいるはずだ。

「よくも……漂を！」

仇討《かたきう》ちを決意し、涙も拭《ぬぐ》わずに信は駆け出そうとした。不意に後ろから強く身体を引っ張られるような感覚を覚え、その場に留まる。


「やめろっ、仇なんか討つより、そこへ急いでくれ！」


漂の声を聞いた気がして、漂の亡骸を振り返る。漂は、信が横たえた姿のままだった。

──そうだよな。使命があるのなら、仇討ちなんかお前は望まないか。

信は渡された地図を改めて見た。

ぐっと歯を食いしばり、一瞬だけ逡巡する。

「くそっ。わかったよ、漂！」

信は、漂の血痕とは逆の方角へと駆け出した。

×　×　×

信が去って、しばし後。

漂の屍体《したい》をどうしたものかと立ち尽くしていた里典は、背後でした物音に、我に戻った。

振り返り、ぎくりとする。

赤い頭巾《ずきん》を目深《まぶか》に被《かぶ》った異様な風体《ふうてい》の男が、そこに立っていた。

里典にはまったく見覚えのないその男が、断りもなく漂の屍体に近づき、髪を掴んで首を持ち上げた。じぃっと漂の死に顔を見る。

そこに、士族と思しき立派な身なりで剣を携《たずさ》えた、体格のいい男が現れる。

「見つけたか、朱凶《しゅきょう》？」

と士族の男。朱凶と呼ばれた頭巾の男が、ぐいと屍体の首をさらに持ち上げる。

「……そいつ。偽物《ニセモン》だな」

「……なんだと？」

と朱凶。士族の男が嘲《あざけ》るように鼻で笑った。

「暗殺二百年の歴史を持つ刺客《しかく》一族の名が、泣いてるんじゃねえか？」

朱凶が舌打ちし、漂の髪を離した。どさりと落ちた屍体をもはやちらりとも見ない。

一体、なにが起きているのか。里典は理解できず、おろおろとしていた。

そこに武装した兵士が数名、三人の村人を連れて現れた。

兵士の一人が、士族の男へと報告する。

「左慈《さじ》様。村の者たちが、何事が起こったのかと知りたがっております」

「あ?」と士族の男――左慈が不愉快そうに返す。

「全員、ぶっ殺せ。俺たちを見たものは、一人残さずだ」

言うや否《いな》や、左慈がずらりと剣を抜き、無造作に村人たちへと歩み寄る。

刃《やいば》、一閃《いっせん》。びゅんっと風を斬《き》る音がした直後、村人たちが一人残らず倒れ伏す。

剣の一振りで全員を斬ったのだ。尋常《じんじょう》な腕ではない。

人を斬るのは当然の仕事。罪悪感など左慈はまったく感じていないかのようだった。

左慈が不機嫌そうな表情のまま、剣を振って血を飛ばし鞘に納める。

次に剣が抜かれた時は、自分が殺される。里典はそう察したようだった。

「ひいっ」

里典は短く悲鳴を上げて逃げようとした。行く手に、ふっと人影が現れる。

朱凶だ。

「おい、お前。こいつが持っていたはずの剣がない。誰か他にいたな?」

「ぞぞ、存じ上げませぬっ。私が来た時には屍体があっただけ――」

赤い頭巾の下。異様な光を宿した朱凶の目に見据えられ、里典は震え上がった。

目の前に、確実な死が立っている。

その死が――暗殺者、朱凶が、ぼそりと命じた。
「知っていることを全て言え」

×　×　×

檻《おり》から野に放たれた狼のように、信は山野を駆ける。
月明かりのみの荒れた道を、躊躇《ためら》いなく全速力で駆け抜ける。
日夜、鍛えに鍛えた足腰だ。転がる石につまずいたりなどしない。
風のごとく疾走する信を、小さな丘から見下ろす影がある。
それは、巨大な梟《ふくろう》の姿をしていた。
子供ほどの大きさだ。梟にしてはありえない。
事実。それは梟ではなかったが、そもそも信は、その存在に気付かない。
駆け去る信の背中を梟は見送ると、がさごそと音を立てて藪《やぶ》の中に消えていった。

×　×　×

少し開けた場所に出た信は、ざっと足裏を鳴らして急停止した。
肌に、ぬるりとしたような嫌な感覚。何者かの雑な殺気を信は感じていた。

「――なるほど、確かにいい剣、持ってるな」

周囲の藪から汚い身なりの男が一人、姿を現した。

さらに数人、ぞろぞろと藪から出てきて信の行く手を塞《ふさ》ぐ。

全員の手に、棍棒や手斧、鉈《なた》、曲がった剣。粗末だが、人を殺せる武器を携えている。

野盗に間違いない。

野盗の一人が、懐《ふところ》からなにかを取り出した。わずかに月明かりを撥ねるそれは、どうやら銀貨のようだった。

「お前にしちゃ上出来だ、テン」

男が指で銀貨を弾き飛ばす。銀貨の飛んだ先、巨大な梟の姿があった。

先ほど丘の上から信を見ていた梟だった。

羽毛の中から白い手が伸び、銀貨を宙で捕まえる。

「なんだ？　被《かぶ》り物か？　変なの」

妙な梟になど気を取られている場合じゃない。問題は、正面の連中だ。

「てめえら、そこをどけ。先を急いでるんだ」

盗賊たちが下卑《げび》た笑いを漏らした。

「おいおい、どけってよ」

「一人でなにを粋《いき》がってんだか」

「どーすっよ？-」

「そーだなあ。その剣を渡しゃあ通してやってもいいぜ？」

「ま、拒《こば》めば屍体になって鳥の餌《えさ》だな」

盗賊が一人、無造作に信へと歩み寄る。他の連中よりは体格がよく、身につけているものも値が張りそうだ。おそらく、盗賊たちの長《おさ》だろう。

下卑た笑みを顔に貼り付け、盗賊の長が信の前に立った。頭半分ほど信より背が高い。

「素直に剣を差し出せば――」

ガンッと鈍い音。鞘に納めたままの剣で、信が盗賊の長の頭を殴りつけたのだ。

鞘は金属製である。死んでもおかしくない一撃だ。

殴られた盗賊の長が、おかしな姿勢で地に転がる。どう見ても意識はない。

盗賊たちの顔色が変わった。露骨に焦《あせ》りの色が浮かぶ。

「お、お頭《かしら》ッ!?」

「お前ら、やっちまえ！」

「や、野郎ッ！」

「ぶっ殺してやる!!」

盗賊たちが一斉に信へと襲いかかった。その動きが信には緩慢《かんまん》に見える。

無駄だらけ、隙だらけ。剣など振るうまでもない。当然、刃を抜く意味など皆無だ。

先頭の盗賊の足を引っかけ、体勢を崩したところに、頭の後ろに肘鉄《ひじてつ》の一撃。

「アガッ！」「ウッ！」「グゥッ？」

続く盗賊の鳩尾《みぞおち》に拳を一発。その次は腹に蹴り。

他の奴らも、信は難なくぶちのめした。

倒れて呻《うめ》く盗賊に、信は吐き捨てるように言う。

「お前らに構ってる暇《ひま》はねえ！」

信はちらりと梟の被り物を横目に見る。

ぎくりと梟の中身が身を固くした。殴り飛ばすのは簡単だが、その時間さえも惜しい。

信は、再び駆け出した。

×　　×　　×

咸陽《かんよう》。黄河《こうが》の支流の一つ、渭水《いすい》の北岸に位置する大きな街だ。

秦の王都である。王都にふさわしい繁栄を誇るこの都市には王宮、その名も咸陽宮がある。

咸陽宮、玉座《ぎよくざ》の間。数段高い場所にある玉座に向け、居並ぶ文官が深々と腰を折る。

「仕留めた嬴政《えいせい》は替え玉でした。左慈が率いる軍は替え玉の潜《ひそ》んでいた村を殲滅《せんめつ》いたしました。引き続き、嬴政と昌文君を追わせております」

そう報告したのは文官たちの先頭に立つ男。政治の実権の一翼を担《にな》う左丞相《さじようしよう》、竭氏《けつし》だ。

竭氏の脇には、その参謀である肆氏《しし》が控えている。その肆氏が補足する。

「足取りはつかめております、成蟜《せいきよう》様。まもなく兄君、秦王嬴政の首をここに」

KINGDOM
キングダム

成蟜。それが今、玉座の上から文官たちを睥睨《へいげい》している男の名だ。

嬴政の腹違いの弟であり、此度《こたび》の反乱の旗印である。

成蟜が不快そうに眉を寄せた。

「王？　なにを言っている、肆氏よ。王ならば、ここにおるだろうが」

咎《とが》めるような目つきで、成蟜が文官たちを見回す。文官たちが身震いした。

「た、確かに」「わ、我らが前にいらっしゃる成蟜様こそ、ま、真の大王様」

そんな声が文官たちの中から漏れ聞こえてきた。

文官たちに成蟜が念を押す。

「いいか、竭氏、肆氏。私が欲《ほっ》しているのは、兄の首でも秦王の首でもない」

成蟜の唇が三日月の形に歪んだ。酷薄《こくはく》な笑みを浮かべ、はっきりと告げる。

「ただの大罪人、嬴政の首だ」

第二章

若き大王

盗賊たちを叩きのめした、しばし後。信《しん》は丘の上に出た。

そこで足を止め、月明かりで地図と風景を見比べる。

「……ここ、か？」

ここになにがある、と信は辺りを改めて見た。

藪《やぶ》に隠すように、布張りの汚い掘っ立て小屋がある。

布の隙間《すきま》からわずかに光が漏《も》れている。中に灯《あか》りがあるようだ。

信は掘っ立て小屋へと近づいた。

「漂《ひょう》……お前の仇討《かたきう》ちもせずに、こんなところまで来ちまった……どういうことか、わかるんだよな？」

信は、入り口と思《おぼ》しき小屋の布をめくり上げた。

壁際《かべぎわ》、無造作に積まれた竹簡《ちくかん》の束。粗末な木の台の上に油皿があり、油に浸《ひた》した糸心に小さな火が灯《とも》っている。

灯りの前。竹簡に記された文字を読んでいる若い男がいた。

揺らめく細い灯りの中。その男が信へと顔を向けた。

「……漂……」

紛《まぎ》れもなく、漂の顔だ。だが薄汚れてはいない。血の跡など、どこにもない。

あの血まみれで息絶えた漂は、一体、なんだったのか。信は混乱した。

「……漂……なんで……生きてる？」

漂が、信を観察するように眺めた。

「お前が、信か——」

声も漂そのものだ。だが信は身構えた。漂ならば、決して今の質問などしない。

「……お前……誰、だ」

信は、漂の顔をした何者かを睨《にら》みつけた。相手も、じっと見据え返す。

強烈な意志を感じさせる眼差《まなざ》しだ。信には、少なくとも悪人には見えなかった。

「——説明している暇《ひま》は、なさそうだ」

「！」

殺気。そうとしか言いようのない気配を信は背後に感じ、横に跳んだ。

直後。信のいた場所を剣閃《けんせん》が薙《な》ぎ、小屋の壁が柱もろとも切り裂かれる。

造りの悪い掘っ立て小屋だ。柱を一本失っただけで全体が傾き、すぐに崩れる。

崩壊する小屋から、漂の顔をした男が片手に剣を持ち、すばやく転がり出た。

それを待っていたかのように、何者かが剣を振るう。

すんでのところで漂の顔をした男が剣を避け、襲撃者から大きく距離を取った。

頭巾《ずきん》を被《かぶ》った襲撃者を、漂の顔をした男が見据え、剣を抜く。

「——朱凶《しゅきょう》、だったか」

朱凶と呼ばれた襲撃者が、剣を漂の顔をした男に向けた。

「秦王《しんおう》、嬴政《えいせい》！　その命をもらう！」

「え?」と信は目を丸くした。

「……秦、王……?」

事態についていけない信をよそに、朱凶が、漂の顔をした男——嬴政に襲いかかる。

「あのガキが替え玉だったとはな」

「……」

無言の嬴政を、朱凶の剣が左右から何度も襲う。

嬴政はどうにか己《おのれ》の剣で攻撃を受け止めているが、防戦一方だ。

「死ね!」

振り回すように剣を扱っていた朱凶の動きが、薙《な》ぎから突きに変わる。

線から点への動きの変化。横の動きに慣れてしまった目では一瞬、剣が消えたようにさえ見えるはず。

「断る!」

だが嬴政は、朱凶の鋭い突きに反応した。己の剣の腹で切っ先を受け止め、弾《はじ》かれたように後ろに飛ばされる——

いや。自《みずか》ら跳んで、突きの間合いから出たのだ。

朱凶が剣を構え直しながら、言う。

「あのガキもなかなか腕があったが。秦王、お前も多少は使えるようだな」

「褒《ほ》めても首はやらんぞ」

嬴政も剣を構え直した。

朱凶と嬴政の間で緊張が高まる。

「――おい。ちょっと待て、お前ら。さっきからなんの話をしてるんだよ」

肌を刺すような鋭ささえある静寂《せいじゃく》を破ったのは、信だ。

嬴政も朱凶も、信をちらりとも見ない。互いに剣を構え合ったままだ。

「なんの話だって聞いてんだ！　替え玉ってどういうことだ！　秦王って!!」

一瞬。嬴政が横目で信を見た。その隙を朱凶が見逃さない。

嬴政の胴めがけ、横薙ぎに剣が振るわれる。

「！」

反応が遅れた嬴政だったが、かろうじて剣を身体に沿わせ、朱凶の剣を受けた。

構わず朱凶が剣を振り抜く。体勢を崩した嬴政が大きく弾き飛ばされ、信にぶち当たった。

信は無様に地に転がった。

「邪魔だ！」

と、嬴政が信を怒鳴りつけ、剣を構え直す。表情に余裕はない。

一方、朱凶の声には余裕がある。

「王よ、諦《あきら》めるがいい。この俺の刃《やいば》に狙《ねら》われ逃げおおせた者はいな……」

朱凶の声を遮《さえぎ》るように、信はうつ伏せに倒れたまま、叫ぶ。

「ああああああッ!!」

嬴政と朱凶が、突然の絶叫にぎくりとした。どちらも一瞬、闘いを忘れたように信を見る。

だん、と信は固めた拳で地を叩いた。

「わかってきたぞ……お前は……秦王……この国、秦の……王」

目を伏せたまま、ゆらりと信が立ち上がる。手には、漂が残した剣。

「漂は、王に似てた。だから替え玉として王宮に連れてかれて……王に間違えられて殺された。

漂はお前の、身代わりで死んだんだ……」

信は顔を上げた。怒りで歪《ゆが》んだその顔を、嬴政に向ける。

「……てめえのせいで。漂は、死んだ」

朱凶が、ククと愉快げに笑いをこぼす。

「なんだ、小僧。王を殺したいなら譲ってやるぞ？ 首は俺がいただくがな」

信は剣を鞘《さや》から抜き放ち、無造作に鞘を地に捨てた。

「ああ、殺す。ぶっ殺してやる。だけど、その前に——お前だッ」

朱凶めがけて信は地を蹴った。

「漂を殺したお前の腸《はらわた》、引きずり出してやるッ!!」

岩すら木剣《ぼっけん》で割った信の剣は、鋭い。その連打を、だが朱凶は楽々と受ける。

「クク。あの替え玉と同じでいい腕だ。だが！」

朱凶が信の剣を弾き飛ばし、ほとんど同時に信の腹に前蹴りを叩き込んだ。

体勢を崩した信に、朱凶が剣を振り下ろす。

刃が信を捉《とら》えた。だが浅い。腹を蹴られた痛みで後ろに下がったおかげで助かった。

「……っ、強《つえ》え……ッ」

「死に損《ぞこ》なったな、ガキ。次は確実に送ってやろう――あのガキのところに」

「くっ」

じりじりと信は後ろに下がった。その信に、嬴政が告げる。

「なにも考えるな！　ただ、漂の無念を晴らすことだけを、考えろ！」

漂の無念。その言葉が信を猛《たけ》らせる。

「お前が！　漂の名を！　口にするんじゃ、ねえッ!!」

斬《き》られた痛みも、蹴られた苦しさも、全て怒りが消し飛ばす。

「よくも、漂を!!」

信が朱凶に斬りかかる。これまでと同じように信の剣を朱凶が捌《さば》こうとした。

だが、先とは違って信の剣を自在に弾き飛ばすことができない。

振るわれ続ける信の剣が、鋭さと重さを増していく。

「あいつは！　これから武功をあげて！　でっかい屋敷建てて！　旨《うま》いもん、腹いっぱい食って！　あいつは、あいつは、もう――生き返らないんだぞッ！　くそぉおおおッ!!」

嵐のような信の剣が、ついに朱凶の身体を捉え始める。

「小僧ォオ!!　調子に乗るなッ!!」

朱凶が振るった剣を信はかわし、跳ぶ。

宙で身を翻《ひるがえ》し、全身全霊を込めた一撃を、朱凶へと放つ。

「――ルあッ!!」

防御に構えた朱凶の剣を信の剣がへし折り、朱凶の肩を深く刃が切り裂いた。

ざんっと着地した信の前。朱凶が膝《ひざ》から崩れ落ちる。

恐るべき暗殺者を退《しりぞ》けた信の姿に嬴政が遠い眼をした。そして王宮にて漂より言われたことを思い出す。

「大王様。もしも私が倒れた時は、信におつかまりください。あいつはきっと――誰よりも高く、翔《と》ぶ」

「お前の言葉。事実《まこと》であった」

小さな呟《つぶや》きだ。嬴政のその言葉は、信には聞こえていない。

信は未《いま》だ怒りの表情で、膝を突いた朱凶へと剣の先を突きつける。

「漂の仇《かたき》。思い知ったかよ、バカ野郎!」

朱凶が折れた剣を無造作に投げ捨てる。

「ま、待ってくれ!　家族がッ!　四人の子がいる!」

「それがどうした!」

「俺が死んだら孤児になる、そうしたら一生、奴隷――」

朱凶の背後に歩み寄った嬴政が、朱凶の首を斬り飛ばした。

「お前の罪と、お前の子は関係ない」

言い放った嬴政の前で、首を失った朱凶の身体がぐらりと横に倒れ込み、動かなくなる。

嬴政が朱凶を斬った剣を、信へと向けた。

「漂の仇は死んだ。次はどうする。俺を殺すか？」

信は無言で剣を構え直した。嬴政は眉一つ動かさない。

「ならば。俺も黙ってやられるわけにはいかない。俺を守るために死んでいった者が、少なからずいるからな。漂もそのうちの一人だ」

信の耳に、漂の最後の言葉が蘇《よみがえ》る。

託したぞ、信。

漂が託したかったもの。それは間違いなく、目の前にいる。

秦王、嬴政。

嬴政のために、漂は死んだ。身代わりとして。

その嬴政を、自分が殺す。それは漂の最期《さいご》の言葉を踏みにじるも同然――。

だが。理解はできても心は到底、納得できない。

信はひたすらに黙り込み、嬴政を睨《にら》みつけた。

と、その時。どこからかわずかに地響きのような音が聞こえてきた。

嬴政の表情が変わった。明らかに緊張している。

「――まずいな」

ドドドドと地鳴りがはっきりと聞き取れる。

嬴政が鞘を拾い上げて剣を納め、小高くなっている場所へと移動する。信も鞘を拾うと剣を納めつつ嬴政を追った。

遠方、信が来た方角。夜空の下が赤い。明らかに炎の広がりだ。

「む、村が――焼かれてるのか……？」

「ああ。この音は軍勢が迫っている証拠だ。見ろ」

嬴政が指し示した先。闇の中、松明《たいまつ》と思しき無数の光が揺れている。かなりの数の兵士が、こちらに向かっている証拠だ。

嬴政がくるりと視線を巡らす。松明の光が、全ての方角で確認できた。

「すでに囲まれたか。軍系統は全て弟側に染まったようだな」

「くそ！　それならもう一暴れするしかねえな、行くぞ」

「――お前。あれらと戦う気か」

呆《あき》れたように、嬴政。なにを今さらという顔で、信。

「当たり前だ。こんなところで死ねるか、しっかり付いてこい！」

「付いてこい、だと？　お前は俺を殺すんじゃなかったのか」

「……お前を殺すかどうかは、この包囲を突破してからゆっくり決めてやる。だから。俺からはぐれるんじゃねぇぞ」

「……」

嬴政が思案顔になる。信は少しじれた。

「どうすんだ！　来るのか、ここで死ぬのか⁉」

ふっと嬴政の表情が緩《ゆる》む。こんな時なのに、どこか愉快そうだ。

「仕方ない。付きあってやる」

「っしゃ！　行くぞ！」

駆け出そうとしたその時。がさりと近くの藪が動いた。

「刺客《しかく》か！」

信が剣を抜けるよう構えて身を翻す。

藪の中から、もそりと姿を見せたのは、あの梟《ふくろう》の被《かぶ》り物だった。

「あ、お前。さっきの」

と信。梟の被り物から声が聞こえる。

「抜け道を知ってる。付いてこい」

露骨《ろこつ》に怪《あや》しい。先の野盗連中に信が持つ剣の情報を売ったのは間違いなくこの梟だ。また騙《だま》されるに決まっている。

「抜け道だと？」

と嬴政。信が不信感を顔に出す。

「待て、こいつは信用できん。さっきも俺のことを――」

す、と片手を少し上げて嬴政が信の言葉を遮った。梟に問う。

「何故《なぜ》、俺たちを助ける？」

「王様なんだろ、あんた。ってことは大金持ちだ」

と淡々とした口調で、梟。ふむ、と嬴政。

「金目当てか」

「悪いか？」

「いや。そのほうが信用できる」

嬴政と梟の間で話がまとまりそうだ。納得できない信は声を荒らげる。

「こんな顔も名もわかんねー奴の、どこが信用できんだよ！」

梟の胴体から、ぬっと白く細い腕が伸びた。華奢《きやしゃ》な手が左右から持ち上げる。

被り物の頭の部分が首の後ろ側にぶら下がる。

晒《さら》された素顔は、まだ幼さの残る子供のものだった。信よりは幾分、年下のようだ。

「河了貂《かりようてん》だ」

「なんだ、ガキんちょかよ」と小馬鹿にしたように、信。

ガキ扱いされるのに慣れているのか、河了貂と名乗った子供は信を相手にしない。

「顔と名を明かしたぞ、王様。どうする?? 時間がない」

「よし。では河了、案内しろ」

「テンでいい」

「俺は嬴政。政でかまわん」

「じゃあ、政。こっちだ」

くるりと河了貂が身を翻し、駆け出す。その後ろを嬴政がすぐに追った。

一人、信が残される。

「お、おいっ。置いてくんじゃねえっ」

軽く焦《あせ》って、信は二人を追いかけた。


河了貂の案内に従い、信と嬴政は洞窟に入った。

洞窟特有のひやりとした空気、湿り気を帯びて滑りがちな地面。

自然と歩みは遅くなるが、それでも洞窟に入ってからずいぶんと時間が過ぎている。

これまで誰も、無駄口一つ叩かなかった。

松明を持っているのは嬴政と河了貂の二人。信は剣だけ提《さ》げて二人の後ろを歩いている。

黙っていることに飽きたのか、河了貂が口を開く。

「なあ、王様。王様の弟が反乱を起こしたって噂《うわさ》を聞いたぞ。大丈夫か?」

「大丈夫とは、なにがだ?」

嬴政が問い返す。河了貂がさらに質問で返す。

「ほんとに金、払ってもらえるんだろうな? 案内するのはいいけどさ、洞窟を出たらどうすんだよ? その先は面倒みきれねえよ?」

「……」

無言の嬴政。河了貂の疑問も当然だなと信がからかうような口調で言う。

「確かになー。城に帰んねーと金なんかねーだろーしなー」

嬴政が不意に立ち止まった。少し遅れて河了貂と信も足を止める。

「どうし——」

河了貂が言葉に詰まった。嬴政に、険しい表情で見据えられたからだ。

「あ、あの。俺。なにか失礼——」

「……どっちだ?」

嬴政が指し示した先。洞窟が二股に分かれている。嬴政は道を確認したかっただけらしい。

「あ……左、です」

河了貂がうろたえ気味に答えた。その態度を信に馬鹿にされる。

「なにビビってんだよ」

「べ、別に……話したくない、のかな」

河了貂がささやくように言い加えた。小さな声だったが嬴政には聞こえたようだ。

嬴政が再び歩き出しながら語る。

「反乱を防げなかったのは。俺にただ力が無かった、それだけのことだ。昌文君《しょうぶんくん》は弟の反乱を止められないと算段し、計略を練った」

「昌文君って——漂を連れてった、あのおっさんか」

KINGDOM
キングダム

「ああ、そうだ。昌文君は弟に対抗する策を練っていた最中、俺と瓜《うり》二つの少年と出会い、替え玉の策を思いついた。万が一のためのものだったが……おかげで俺はまだ、生きている」

信は立ち止まった。

「……ちょっと待てよ」

嬴政も足を止め、信へと向き直る。信は嬴政に詰め寄った。

「万が一だと？　……万が一のおかげで、だとっ？　お前ら、いったい漂の命をなんだと思ってやがる！　ふざけんじゃねえッ！」

信は拳を固め、嬴政の頰を殴りつけた。河了貂が血相を変える。

「やめろって！」

だが信は聞かない。二度三度と嬴政を殴りつける。

「よくも、漂を！　天下の大将軍になるって二人で約束してたのに！　武功あげてでっかい屋敷建てて、旨いもん食ってって、言ってたのに！　死んじまったじゃねえか!!」

信は全身の力を拳に込め、そして放った。殺すつもりの一発を、嬴政が松明を持っていない方の手で受け止める。

拳を摑まれた信の目に、驚愕《きょうがく》と動揺が浮かぶ。

嬴政は信の拳を摑んだまま、顔を信に突きつけた。

鼻と鼻が接触しそうな距離で、嬴政がまくし立てる。

「こっちは戦《いくさ》をやってる！　勝つためならなんでもやるっ、なんでも利用する！　下僕のお前たちなら、なおさらだッ！」

「……っ」

嬴政の迫力に信は気圧《けお》された。反論しようにも声すら出ない。

信の拳を掴んだ嬴政の手の力が、わずかに緩む。

「だが、あいつは。漂は——わかっていた」

「わかってたって」

「己《おのれ》が、俺の身代わりで死ぬかもしれないということを、だ。それでなお、あいつは俺に満面の笑みを見せた」

嬴政の表情は険しい。だが信には漂の笑顔が重なって見えた。

「友と二人。身の程をわきまえぬ大望がある、と。天下の大将軍を目指す、と。元より全てを懸《か》ける覚悟だ、と。そう言って漂は、笑っていたぞ」

嬴政が信の拳を放し、その手で信を突き飛ばした。信は腰砕けに座り込む。

改めて漂の覚悟を知り、絶句していた。

重ねて嬴政が語る。

「漂は危険を承知で引き受けた。お前ら下層民には絶対に手に入らない大きなものを、手に入れるためにな！」

がくりと信はうなだれ、地に両手をつく。

嬴政が絞り出すように続ける。

「……だが。あいつは、負けた。――それだけ、だ」

託したぞ。その漂の最期の言葉を信は思い出す。どれほど漂は無念だっただろうかと思い知り、涙が溢《あふ》れ出して止まらない。

漏れそうになる嗚咽《おえつ》を噛み殺し、きつく歯を食いしばる。その頬を涙が幾つも伝わり、濡れた地面に滴《したた》った。

「信。漂の弔《とむら》いは、その涙で最後にしておけ。これから先は、お前の路《みち》だ」

「俺の、路？」

信は片手で目元を拭《ぬぐ》い、顔を上げた。

視線の先。松明の明かりに浮かんでいるのは、紛《まぎ》れもなく王の顔だった。

「お前の前には今、二つの路がある。奴隷の生活に戻るか。それとも薄弱の王を助け、修羅の路をゆくか」

嬴政が松明を掲《かか》げ直し、くるりと身を翻す。

「好きに選ぶがいい」

歩き出す嬴政。河了貂が嬴政の背と信の顔を交互に見やる。

信は立ち上がった。

「――漂。俺は、行くぞ」

河了貂に歩み寄ると肩を軽く叩き、先を促した。小走りで河了貂が嬴政を追う。

洞窟の奥。闇の中に、ぽっと明るい場所が浮かんで見える。

その光の中に嬴政が立ち、天井を振り仰いだ。

信は一瞬、その嬴政の姿に漂を重ねて見た。

漂は剣の道で身を立てて天下の大将軍になることを夢見ていた。

嬴政は一体、なにを夢に見ているのか。

路。そう言われたことを信は思い出す。

──漂。お前が命をかけて守った奴に、ついていってみるか。

──その先に、きっと俺の路がある。修羅の路だって構いやしねえ。

信は嬴政に歩み寄り、肩を並べて立った。そして見上げる。

洞窟の天井に人が通れそうな亀裂《きれつ》があり、そこから朝日と思しき光が差し込んでいた。

「この薄弱の王についてくるか、信」

「勘違いするなよ。俺はお前を利用するだけだ」

「俺もお前を家臣だなどと思いはしない。難を避けるための、ただの剣だ。折れたら捨てていく」

「上等だ、このやろう。で、これからどうする？」

「今の頼りは昌文君しかいない。西の果てで合流する手はずだ。まずは西を目指す」

「わかった。じゃ行こうぜ」

信と嬴政は同時に歩き出した。その二人を、ととと、と河了貂が足取り軽くついていく。

「で。ちゃんと金、払ってくれんだろうな」

×　　×　　×

咸陽《かんよう》、王宮の玉座《ぎよくざ》の間。

玉座の上の成蟜《せいきよう》は、極めて不愉快そうな顔をしている。

成蟜の機嫌を伺《うかが》うように、恐る恐る、竭氏《けつし》の参謀の肆氏《しし》が告げる。

「罪人嬴政、昌文君共に、左慈《さじ》の率いる軍と、ベッサ族の刺客ムタに追わせております。首は間もなく」

肆氏の傍《そば》に立つ竭氏が、肆氏に咎《とが》めるように言う。

「朱凶が倒されておいて謝罪もなしか」

嬴政を追っていた暗殺者の朱凶が返り討ちに遭《あ》ったことは、追跡部隊の兵士が朱凶の屍体《したい》を発見したことで、竭氏にも伝わっていた。

本来ならば、朱凶だけで嬴政の首は取れるはずだった。朱凶の失敗はすなわち、肆氏の落ち度である。

肆氏が深々と礼をする。

「は、申し訳ありません」

その肆氏の態度のなにかが、成蟜は気に入らなかったようだ。玉座から立ち上がって片手を振り回す。

「首が来る、首が来ると！　聞き飽きたぞ、肆氏ぃッ！　来なければ、お前の首を斬らねばならんッ!!」

成蟜の物騒な叱責《しっせき》に、肆氏はただ身を縮こまらせて礼を続けるのみだ。

「……は」

このままでは成蟜によって肆氏が処刑されかねない。今、参謀の肆氏を失うのは竭氏も望むところではない。場を取り繕《つくろ》うように、竭氏が固い笑みを浮かべる。

「まぁまぁ、落ち着きくださいさい」

それでも成蟜の怒りは収まらない。

「クソが！　嬴政の脱出といい、替え玉の用意といい、昌文君めッ!!　奴の首もあがっとらんぞ、竭氏いッ!!」

「そ、それは……」

竭氏が肆氏と同様にすくみ上がる。と、その時だった。

「ご安心なさい」

その声が玉座の間に響いた。成蟜のみならず、文官たち全てが振り返る。

豪奢《ごうしゃ》な造りの扉を押し開き、甲冑《かっちゅう》姿の偉丈夫《いじょうふ》が現れた。

肆氏が目を丸くし、驚きの声を漏らす。

「王騎《おうき》将軍……」

秦《しん》の武人全てが一目《いちもく》を置く大将軍、王騎が、そこにいた。

KINGDOM
キングダム

中華には秦の他にも大国が六つあるが、全ての国で、王騎の名を知らぬ武官は、おそらく一人もいない。最強の武人を何人か挙げよと武官に問えば、人によって挙げる名は色々あろうが、必ずそこに王騎の名が入るだろう。

威風堂々。ただ立っているだけで、王騎はそれを体現している。

事実、王騎は巨軀である。だが誰の目にも、その姿はよりいっそう巨大に映るのだ。全身に纏《まと》う武人ならではの気配。ただ立っているだけで周囲を圧倒するほどの存在感。頰にうっすらと浮かぶ笑みにさえも威厳があった。

それでいて不思議と威圧的ではない。だからこそ余計に不気味に感じられる。ほんとうに王騎は人なのだろうか。そう疑うものがいても不思議はないほどだ。

王騎の背後に一人、身分が高そうな将がいる。王騎の側近で、名を騰《とう》という。

にわかに文官たちがざわめく。

「あれが秦国六大将軍、最後の一人」

「秦の怪鳥……」

「もはや戦に興味を示さず、ご隠居されていたのではなかったのか？」

こほんと竭氏が一つ咳払《せきばら》いをした。すっと文官たちのざわめきが静まる。

「随分《ずいぶん》とご無沙汰《ぶさた》でしたな、王騎将軍。して何用か？」

と竭氏。王騎は微笑を崩さない。

「何用とは、あんまりですね。せっかく、貴方方《あなたがた》が欲《ほっ》しているものの一つを持ってきたのに。

騰？」

「は」と騰が、王騎の前に回ると抱えてきた木箱を床に置いた。

騰が箱を開く。文官たちが揃って驚愕《きょうがく》する。

箱の中身は、男のものと思しき首だった。固いもので激しく殴打《おうだ》されたらしく元の風貌が想像できぬほどに傷《いた》んでいる。

騰が片手の掌《てのひら》に拳を当てて礼をする。

「昌文君の首に、ございます」

文官の一人が驚きの声を上げる。

「王騎将軍が、昌文君を!?」

肆氏が視線で声を上げた文官を制すると、誰にともなく言う。

「これでは。顔が崩れすぎて、本物かどうかわかりません」

王騎が微笑をぴくりとも崩さず、肆氏に問う。

「おや？　肆氏、私を疑うんですか？」

「疑っているわけでは……ただ、状況を把握しておくことが私の務めですので」

フフフと王騎が笑いをこぼした。

「私と戦ったら、たいていそういうクチャクチャな顔になりますよ。嘘だと思うなら、その辺の誰かで試して差し上げましょうか？　騰。私の矛《ほこ》を、ここへ」

「は」と礼の姿勢を取っていた騰が動こうとする。

竭氏がやや慌てたように騰を止める。

「その必要はない。元より疑ってなどおらぬ。して王騎将軍。なにを褒美《ほうび》に望まれる？」

では、と王騎。事も無げに告げる。

「血沸き、肉躍《おど》る世界」

一瞬。空気が凍り付いたかのように静まった。

「な、なにを……!?」

竭氏の震える声が、やけに大きく響く。

ククク、と場違いとさえ感じられる笑い声がした。笑ったのは玉座の成蟜だった。

「なにを言うかと思えば……からかいおって」

フフと王騎が短く笑った。

「まあ、もはやそんな世界などあるわけがありませんね。今回は、昌文君の領地でもいただきましょうか」

昌文君は逆賊扱いだ。領地は没収、一族は死罪。その後、領地は報賞として手柄を立てた者たちに割譲されるのが、通常だ。

だから昌文君を討った王騎には、昌文君の領地を望む資格がある。

しかし。首が本物かどうか、定かではない。

偽物《にせもの》だとしたら、それこそ王騎は罪に問われて然《しか》るべきなのだ。

そもそも王騎の言葉には、本気なのか、冗談なのか、判断しづらい奇妙さがある。

王騎の態度に、蝎氏が腹を立てる。

「戯《ざ》れ言《ごと》ばかり、いい加減にしなされ！」

「……」

王騎は無言。蝎氏のほうを見もしない。微笑を向けているのは玉座の上だ。

品定めするような目で成蟜はしばし王騎を見据え、

「よかろう」と告げた。

「成蟜殿、いささか軽率ではないかと!!」

「俺の決定に文句があるのか、蝎氏？」

ぎろりと成蟜が蝎氏を睨む。蝎氏は首をすくめて恐縮した。

「……滅相も、ございませぬ」
フ、と小さく王騎は笑いをこぼし、成蟜に対して礼の構えを取った。
「ありがたき、幸せ。ではこれにて。行きますよ、騰」

「は」

王騎は騰を従え、玉座の間を出ていった。

扉が閉ざされ、完全に姿が見えなくなってから、蝎氏が改めて成蟜へと向き直る。

「よいのですか。王騎将軍は、得体の知れぬ人にございます」

成蟜が意味ありげに笑みを浮かべる。

「いい。あれは、手なずけておいて損のない男だ。利用できるものは、利用する。たとえ腹の底が知れぬ将軍であってもな。それが、戦というものだろう?」

×　×　×

洞窟を出て数日。信たちは追撃の捜索をかわしつつ、ひたすらに西を目指してきた。

切り立った岩山ばかりが目に付く土地に辿《たど》り着く。

その風景に、河了貂が身を固くする。

「おい。ここ、もう山の民《たみ》の領土じゃない? やばいよ」

山の民。中華西方の大国、秦よりもさらに西の山岳地帯に住まう民族だ。

ろくな文明を持たない蛮族。それが、中華で覇を競っている七つの大国側の認識だ。

山の民は言葉が通じず、平地の人間を狩って喰う。嘘か真かわからないが、信はそんな噂を聞いたことがあった。

信たちの前を行く嬴政が、口を開く。

「四百年前。山の民と秦国は、一度、同盟を結んでいた」

信と河了貂は顔を見合わせた。互いに、そんな話を聞いたことがないという表情だ。

「山の民ってヤバい連中なんだろ。そんな奴らと?」

信の問いに、泰然《たいぜん》と嬴政が頷《うなず》く。

「ああ。当時の秦王、穆公《ぼくこう》の人徳によってな。これから行く避暑地は、その時代の名残《なごり》だ」

「んで、今、その同盟とやらは？」と河了貂。

「穆公の死後、すぐにその同盟は消えた」

信と河了貂が再び顔を見合わせる。

「やっぱ、この辺り」「ヤバい場所じゃん……」

「それでも行くしかない。急ぐぞ、目的の場所はもう近い」

歩みを速めた嬴政に、信と河了貂は続く。

しばらくして一行は竹林に入った。前方、見える限り竹ばかり。かなり広そうな竹林だ。

最近この辺りで雨でも降ったのか、枯れた竹の葉が積もった地面は水気を含んでいる。

そのせいか、空気が湿り気を帯びてやや蒸し暑い。

河了貂が片手で自分の顔をぱたぱたと扇《あお》ぐ。

「暑《あち》ぃ……」

河了貂の着ている梟《ふくろう》の被り物は本物の鳥の羽根で出来ている。見た目だけでも暑そうだ。

「脱ぎゃいいじゃん、それ。見た目も変だし」

「脱がねえよ。こいつは、俺の戦闘服だからな」

「戦闘服だ？　鎧《よろい》じゃあるめーし、何言ってんだか」

「お前だって大した恰好じゃねえだろ！　かっこわりぃ」

「うっせ。俺は――」

言いかけて信は口を閉ざした。背筋に、ぴりっと違和感が走る。

立ち止まって振り返る。ほぼ同時に、嬴政が信と河了貂を強引に伏せさせた。

立っていた時の信の首があった辺りを、しゅんっとなにかがよぎった。

カッと固い音。見ると、竹に短いなにかが突き刺さっている。

「吹き矢か！」

と嬴政。信と河了貂が身構える。

並んだ竹の、その向こう。妙な首飾りをじゃらじゃらとぶら下げた、蓑《みの》姿の男がいた。

顔の前で構えているのは、細い筒。やはり吹き矢だ。

その筒が、ちかっと瞬《またた》いた。

反射的に、信は低い姿勢のままで剣を抜き、振るう。

キンッと剣が吹き矢を弾き飛ばした。さらに次々と吹き矢が襲い来る。

ほとんど勘で信は全ての吹き矢を防いだ。

河了貂が、あたふたと近くの竹の後ろに隠れる。

「な、なんだっ⁉　山の民かっ？」

「いや」と嬴政も剣を抜く。続けて、

「刺客だ。気をつけろ、吹き矢は毒が塗ってあるはず」

信はじりじりと刺客へと距離を詰める。

「けっ、体も小《ち》いせぇし、矢がなきゃちょろいぜ、こんな田舎《いなか》もん」

「嬴政、命をもらうべ。お前もだ、下僕。ムタを馬鹿にするものは、みんな死ぬ」

ムタ。それが刺客の名らしい。

「死ね」

ムタが嬴政に向け、毒の吹き矢を連射した。

吹き矢は、狙われている側には点にしか見えず、避けにくい。

「こんなところで死ねるか！」

嬴政が、かろうじて吹き矢を避けた。ムタが再び嬴政に吹き矢の狙いをつける。

「叩っ切る！」

そのわずかな隙に、信はムタへと駆け出した。

さっとムタが狙いを信に変える。信は慌てて足を止めた。

距離を詰めたのが災いする。吹き矢を避けるのが難しい間合いだ。

「動くと死ぬだべ」

「毒の吹き矢とか、てめえ卑怯《ひきょう》だぞ！」

「そんなら、これで殺す」

ムタがさっと蓑の後ろに手を回す。吹き矢と持ち替えたのは手斧《ておの》だった。それも両手に一振りずつ。

吹き矢じゃないなら恐れるまでもない。信はムタへと斬りかかった。

ムタの頭を叩き割るつもりで振り下ろした剣は、しかし十字に構えたムタの手斧に止められる。

「シャオウッ」

ムタが声を上げ、手斧で信の剣を弾き飛ばす。信よりかなり小柄なムタだが、かなりの剛力だった。

姿勢の乱れた信の前でムタが身を翻す。首から幾つもぶら下げた奇妙な首飾りが、遠心力で広がった。

「痛《つ》あッ!?」

首飾りの先端がかすめた、信の胸元。服が裂かれ、さらに血がしぶく。首飾りは鋭利《えいり》な刃で出来ていた。

「コンのッ！」

苦し紛れに信が剣を振り回す。だがムタにはかすりもしない。足下が悪く並んだ竹が邪魔になる中、気を抜けば見失いかねないほどの速さで、ムタが動き回る。

「速《はえ》え！」

信はムタの動きについていけない。手斧に、首飾りに、体中を浅く斬られ続ける。

明らかに信は劣勢だ。このまま反撃できなければ、結果は見えている。

河了貂が悲愴《ひそう》な声を上げる。

「政！　信がやられちゃうよ！」

だが嬴政は、片手に剣を提げたまま動かない。

「信。こんなところで負けるようでは、この先、幾つ命があっても足りないぞ」

「わかってるよッ!!」

怒鳴り返した信に、ムタが飛びかかる。

「この先、ない！　ここで死ぬ!!」

いつの間にかムタが片手の武器を手斧から吹き矢に持ち替えていた。

「！」

驚愕する信を吹き矢が襲う。信はとっさに身を捩《よじ》ってどうにか吹き矢を避けたが、続く手斧は避けられない。

「うがッ」

脇腹を抉《えぐ》られ苦悶する。さらに首飾りの刃で体中を切り刻まれる。

「そろそろ死ぬだべ!!」

至近距離でムタが吹き矢を構え直した。反射的に信は一歩、下がる。

「下がるな信!!」

嬴政の叱声《しっせい》に、信はハッとした。前へと地を蹴り、ムタに肉薄する。

その動きがムタには予想外だったようだ。吹き矢が外れ、さらに振るった手斧は信の腕をかすめるに留《とど》まった。

ダンっと信が肩からムタに体当たりをする。弾き飛ばされたムタが背中から竹にぶつかり、動きを止めた。

「信」と嬴政。続けて「一歩も下がらぬことが、お前の最強の武器だ」

この時初めて、信は剣を持つ自分の手がわずかにだが震えていることに気付いた。

「……俺は、ビビってたのか」

──みっともねえ。そうだろ、漂。

信はカッと目を見開き剣を握り直す。

「うっしゃッ！」

気合いと共に信は駆け出した。

「死にに来ただべか！」

ムタが吹き矢を構えて即座に放つ。怯《ひる》まず信は突き進む。

耳のわずかに上。吹き矢が髪をかすめた。だが気にすらしない。

「ルあッ！」

裂帛《れっぱく》の気合いと共に信がムタへと剣を振るった。ムタが片手の手斧で受ける。

ムタの手斧を持った腕が、大きく弾かれる。

「！」

「どうした刺客野郎！」

一合二合と剣と手斧が交わる。その度、ムタの姿勢が乱れる。

押しているのは信だ。河了貂が目を丸くする。

「……信が。変わった？」

うむ、と嬴政が頷く。

「朱凶と戦った時は、無我夢中だった。どうやって勝ったかすら、信は覚えてはいないだろう。いわば、これが初めての実戦だ」

「え!?」

「相手に呑まれなければ……あいつは、強い」

嬴政が頼もしげに信を見守る。

信は嵐のように剣を振るい続け、ムタを圧倒する。

「うりゃあああああああああッ！」

「調子に乗るなだべッ！」

苛立《いらだ》つムタの顔を、信が思いっきり蹴飛ばした。

「おらッ！」

「ぶべっ!?」

蹴られた豚のような声を漏らしてムタが吹っ飛ぶ。

「あああああッ!!」

追って信が駆ける。横に掲げた剣が竹を幾本もぶった切る。

「こ、小僧ッ、よくもッ」

ムタが片手で血の噴き出す鼻を押さえた。そこに信が斬った竹がまとめて倒れてくる。

覆《おお》い被さる竹がムタの邪魔をする。竹で身動きできないムタが苦し紛れに吹き矢を放つ。

まさに信が剣を振りかざして突っ込む、その瞬間だ。

至近距離で放たれた吹き矢が、信の右肩に突き刺さる。

だがムタを討つことだけに集中している信は、気付かない。

全力で、信がムタに剣を振り下ろす。

「ルあぁぁあッ!!」

脳天をぶち割る一撃だ。確実な致命傷である。

即死したムタが、背中から倒れ伏す。その前に、信は悠然と立っていた。

「……勝った――勝ったよ！」

河了貂が喜びの声を上げる。

剣を持った手を掲げて応《こた》えようとした信は、ここでようやく気がついた。

自分の肩に、毒の吹き矢が刺さっていることに。

途端。身体に回った毒が効果を発揮する。

ヤバいと思う間すらなく、信の意識は途絶えた。

×　×　×

カンっと木剣の打ち合う音。カカン、と音が連なる。

信の振るう木剣を、木剣で受けているのは他の誰でもない、漂だった。

「一度奴隷になったら、大人になっても奴隷だ」

漂が少し離れ、剣を掲げてみせる。

「抜け出すには、剣しかない！」

――ああ。漂にそう言われて、俺は剣の腕を磨くようになったんだっけ。

これは夢だ。そう信は自覚した。

夢だとわかっていても、喜びがわき上がってくる。

漂と木剣で打ち合うのが、信は何よりも好きだった。

「ああ！」

「天下の大将軍になるぞ、信!!」

「ああ、そうだな!!」

再び信は、漂と木剣を交える。夢でもいい、この時が長く続けばいい――

×　　×　　×

「……ぅ」

小さく呻いて信はうっすらと目を開けた。

眠っていたのか。眠る前には、なにをしていた？

意識があまりはっきりしない。

――漂と剣で打ち合っていたような……。

──夢を見ていたような？

そう思いつつ眺めた天井に見覚えはなかった。

寝そべったまま、横を向く。

「……漂……？」

見知った横顔があった。漂が、手を伸ばせば届く距離に正座をしている。

「信。俺はいつだってお前の傍にいる。共に、天下に連れてってくれ」

その漂の言葉を、信は聞いた気がした。手を伸ばしかけて、ふと気付く。

そこにいるのが、漂ではないことに。

漂の夢を見たせいで、どうやら信は勘違いをしたらしい。

そこに座っているのは、弟に反乱を起こされ玉座を追われた、秦の大王。

嬴政が、信へと顔を向けた。

「起きたか」

「……ここは？」

「四百年前に建てられた、いにしえの王族の避暑地だ」

「いにしえ？　……の割には、綺麗だな」

信は寝そべったまま周囲を見た。

さほど広くない部屋だが、里典《りてん》の家とは比べものにならないほど造りがいい。

柱や壁などは塗りが施《ほどこ》され、補強の金具には彫金《ちょうきん》が施されている。

壺や箱などの調度品は、どれも値の張りそうなものばかりだ。

「……あれ？　そういえば俺。どうやって、ここへ？」

「王に背負われる下僕など、聞いたことがないな」

事も無げに、嬴政。信のことを危機を乗り切るための剣と言い、折れたら捨てていくと告げた嬴政が、気絶した信を担いで運んだということだ。

うち捨てられていても文句など言えなかった信は、驚きのあまりに飛び起きた。

「え!?　お前が？　うっ——痛《い》ってぇぇぇ……」

体中に傷の痛みが走り、信は悶絶した。改めて自分の状態を確認する。

細かい切り傷はそれこそ全身のそこかしこにあり、腕や胸、脇腹に深い傷がありそうだ。

そうした箇所には細く裂かれた布が巻き付けられている。

深い傷だけは、きちんと手当てされていた。

嬴政が真顔で告げる。

「あまり動くな。解毒はテンがしたが、傷口は塞《ふさ》がってない」

「解毒？」信は首を傾げ、少し考えて思い出す。

ムタと名乗った刺客の毒の吹き矢を肩に受けていたことを。

信は視線を巡らせて河了貂の姿を探した。

少し離れた壁際。頭まで被り物をつけて梟の姿になっている河了貂が座っていた。

「……テン、ありがとな。おかげで死なずに済んだ」

「…………くー。くー。くー」

河了貂から返ってきたのは、寝息だった。

「寝てんのかよっ。わかんねえって、それ被ってると」

信は口を閉ざした。静寂に河了貂の寝息だけが響く。

嬴政は座したまま、じっと油皿の灯火を見ていた。

その横顔が、信にはやはり漂に見える。

「なにか、しゃべってくれよ。黙ってられるとよ、その。漂を見てるようで落ち着かねえ」

嬴政が首だけを信に向ける。

「漂はよく、お前のことを話していた。とても楽しそうに……その時の漂が、一番楽しそうだった」

「……そっか」

「漂の話を聞いていて、よくわかった。お前たちの間には、兄弟よりも強い絆《きずな》があると」

嬴政のその言葉にはどこか、寂寥感《せきりょうかん》があった。その理由が信には何となくだが、わかる。

「お前は。弟《おとうと》に反乱起こされてんだな……本当の兄弟だってのによ」

「酷《ひで》え、兄弟だな」

と河了貂の声。信と嬴政が揃って梟の被り物を見やる。

河了貂が被り物の頭を外した。

「なんだよ、起きてんのかよ」

河了貂がとぼけた顔をする。なにか言ってやろうと信が口を開きかけたが、先に嬴政が言う。

「俺と弟の成蟜は、母が違う」

「え？」「ほんと？」

信と河了貂の声が重なった。

ああ、と嬴政が一つ頷く。

「俺の母は舞妓《まいこ》だった。かたや成蟜は、父母ともに王族の出。成蟜は幼い頃から、半分庶民《しょみん》の血を引くものとして俺を認めなかった」

河了貂が納得がいかないというように眉を寄せる。

「関係ないだろ、そんなの。政が王位についたんなら、王様は政だよ」

「王は、王でも――俺は、所詮《しょせん》は飾りの王だ」

「飾りの王？」と信。

嬴政が、視線を虚空にさまよわせる。

「名ばかりの王だということだ。在位わずか三年で死んだ父に代わり、俺は十三歳で王の座についたが、所詮は子供。ただ王であるというだけで、なんの権力もなかった」

「じゃあ誰が権力を握ってたんだ？」

河了貂の問いに、嬴政が答える。

「右丞相《うじょうしょう》、呂不韋《りょふい》という男だ。商人から成り上がった切れ者だ」

信が驚きを顔に出す。

「商人から成り上がったっ？　丞相とかがどれくらい偉いかわかんねえが、よっぽど権力もってるんだろっ？」

「事実上ここ何年かは、かなり王に近い権限を振るっている」

「マジかよ……」

「その呂不韋が隣国の魏《ぎ》に遠征に向かった時を狙い、成蟜が反乱を起こした。成蟜の背後には竭氏というもう一人の丞相がついている」

ふーん、と河了貂。

「じゃあ。その呂不韋ってのが、お前の味方なんだな？」

嬴政が眉をひそめて口を閉ざした。沈黙すること、しばし。

「いや。今、信用できるのは昌文君だけだ。そして、この避暑地がその昌文君との合流地」

信と河了貂が顔を見合わせる。

「俺たちのほうが先に着いただけなら」

「いいけどな。もしかしたら、もう……」

昌文君は成蟜の手のものによって、殺されたかもしれない。

誰もが考える可能性だが、誰も口には出さなかった。

建物が静まり返り、そして日が暮れる。

懸念《けねん》された新たな刺客の襲来もなく、夜が明けた。

果たして、昌文君はやってくるのか。

今の信たちにできるのは、ただ、待つことだけだった。

河了貂は朝から薬草を煎《せん》じている。

嬴政は座ってなにかをずっと思案していた。

信は一人、室内から外の様子を窺《うかが》っている。

傷と薬草のせいか、夜の間、熟睡してしまったことを反省したからだ。

夜に刺客の襲来がなかったのは、ただの幸運。

今こうしている間にも追手は迫り、次の瞬間にも襲撃を受けるかもしれない。

注意深く周囲を観察していたからこそ、信は気がついた。

外。人の気配がある。それも一人二人ではない。かなりの数だ。

「なあ、信――」

なにか言いかけた河了貂のもとに信は足音を殺して走り、その口を塞いだ。耳元でささやく。

「囲まれてる。どこかに隠れとけ」

信は嬴政に目配せした。嬴政も片手に剣を提げ、静かに立ち上がる。

ごそごそと河了貂が懐からなにかを取り出した。

刺客、ムタの使っていた吹き矢だった。

「お前、その吹き矢」

「かっぱらった。俺も戦う」

「──大した奴だ。だが無理はするんじゃねえぞ」

「おう」

信は嬴政と河了貂を背後に守る位置へと移動し、剣を抜く。

直後。扉が開け放たれ、武装した兵士たちが一斉に、部屋になだれ込んできた。

剣を構えた信が、声を張る。

「正面、俺が斬り込んで突破する！　テン、政！　遅れるなよッ！」

信が扉の前に立ちふさがる兵士へと斬りかかる──

「そこまでだ！」

嬴政の声に、信は振り下ろす途中で強引に剣を止めた。

切っ先の、拳一つ先。覚悟を決めたような兵士の顔がある。

「なんで止める⁉」

嬴政へと振り返った信の背後。兵士たちが全員、膝を折って頭《こうべ》を垂れ、礼の構えを取った。

「ええっ⁉」

驚く河了貂。わけがわからず信もきょろきょろする。

一方、嬴政は落ち着き払っている。

「遅かったな、昌文君」

かしずいた兵士たちの後ろ。姿を見せたのは他でもない、昌文君だった。

「遅参《ちさん》、誠に申し訳ありませぬ。追手と遭遇し、一戦、交えてまいりました」

「み、味方？　敵じゃなくて？」

河了貂が目を瞬《またた》かせて安堵《あんど》の表情になったが、信の顔にはありありと怒りの色が浮かんだ。

「おい、おっさん。漂は死んだぞ」

昌文君の前、兵士が左右にわかれて道を空けた。昌文君が無言で、信たちのほうへと歩みを進める。

――言い訳でもしやがったら、剣の柄《つか》でぶん殴る。

剣を握り直した信をちらりと見ることすらなく、昌文君が嬴政の前に進んだ。

そして跪《ひざまず》き、深く頭を下げる。

「脱出の手立ては万全と言っておきながら、この有様。全ての責任は、この愚臣によるところであります。仰《おお》せとあれば、今すぐ自害いたします。しかし……まずは何よりも……」

昌文君が、ばっと頭を上げた。その目に涙が滲《にじ》んでいる。

「よくぞ、ご無事で！」

「……お前もな」

その嬴政の声には、明らかな安堵があった。

だが信は気を緩めない。目に怒りを宿したまま昌文君を睨み続ける。

昌文君こそ、漂を死に追いやったも同然の男なのだから。

第三章

山の民

咸陽宮《かんようきゅう》、拝謁《はいえつ》の広場。

数万の兵士が整然と隊列を組み、静かにただ、待っている。

広場を見下ろす城壁の回廊に、王が姿を見せるのを。

王から言葉を賜《たまわ》る、その時を。

城壁の上。成蟜《せいきょう》が、文官たちを引き連れて歩く。

文官たちを従える丞相《じょうしょう》、竭氏《けつし》が口を開く。

「成蟜殿、いえ、大王様、昌文君《しょうぶんくん》亡き後、嬴政《えいせい》は死んだも同然。今こそ国を掌握する時。もはや敵は、呂不韋《りょふい》のみ」

「――で。用意は、万全なんだろうな」

「もちろんでございます。どうぞ、ご自分の御目でお確かめください」

「そうするとしよう」

成蟜は広場を見晴らせる位置で足を止めた。

居並ぶ軍勢、翻《ひるがえ》る秦《しん》の旗の群れ。

数万の人間が一斉に、城壁上の成蟜に向かって礼をする。

成蟜は満面の笑みを浮かべた。

「……らしくなってきたではないか」

成蟜から少し離れた位置で、竭氏が、さっと手を挙げた。

それを合図に、兵士たちが一斉に声を上げる。

「我らが大王様！」「成蟜様！」「真の王、成蟜様！」

数万の賛嘆《さんたん》の声が、地鳴りのように辺りを揺るがす。

成蟜の笑みに満悦の色が濃くなる。

「さて。奴らの期待に応《こた》え、こちらも、それらしく振る舞ってやるとしよう」

さっと成蟜が腕を横に掲《かか》げる。

「敦《とん》を、ここに」

ややあって、控えた文官たちの後ろから一人の兵士が現れた。

「敦、罷《まか》り越してございます」

その兵士が成蟜の前で跪《ひざまず》き、礼の姿勢を取った。

成蟜が広場の軍勢に視線を戻す。竭氏が再び、さっと手を挙げた。

途端。礼賛の声が止《や》み、広場がしんと静まった。

「皆のもの、この男を見よ」

と成蟜。声を張り上げてはいないが、不思議と声がよく通る。

「この男は低い身分の出だ。家が貧しく口減らしに親に捨てられたが、剣と筆の才覚があり、この咸陽で俺にはべるまでのし上がった」

軍勢はただ静かに、成蟜の言葉を聞いている。

「今では。屋敷を持ち、自分を捨てた親に仕送りするほどだ。呂不韋までとはいかぬが、底辺から這《は》い上がった若者だ。そうだな、敦？」

「はっ。身に余る幸せにございます」

敦が頭をさらに下げた。その敦の姿に成蟜は侮蔑《ぶべつ》の目を向ける。

成蟜が顔に不快感を貼り付けたまま、片手を挙げた。

広場とは逆方向にある階下に続く階段から、それが現れる。

怪人。そうとしか呼べぬものだ。

身の丈《たけ》は、普通の男の倍を優に超えている。異様に筋肉が発達し、肌の質感はまるで岩。人なのか、そうではないのか。それさえもよくわからぬ異形《いぎょう》である。

「しょ、処刑人……ランカイ……」

文官の誰かが怯《おび》える声で、小さく呟《つぶや》いた。

怪人――ランカイが、跪いた敦の後ろに立つ。

成蟜が、掲げた腕でパチンと指を鳴らした。

ランカイの巨大な手が、敦の頭を鷲摑《わしづか》みにする。

「な、なにを――」

驚きの声を上げた敦を、ランカイが近くの壁に叩きつけた。

「オ」

ぐしゃりと鈍《にぶ》い音。石積みの壁が鮮血に染まり、肉塊《にくかい》と化した敦がべしゃりと床に落ちる。

ランカイが、手に付いた血を旨《うま》そうに舐《な》めた。

静まっていた軍勢にどよめきが広がる。兵士たちに向け、成蟜が声を張る。

「我慢ならんのだ、こういう連中が！　どれほど高貴な服で身を包もうと中身は変わらぬ、下《げ》賤《せん》のまま！」

一つ息を吸い、成蟜が続ける。

「王を騙《かた》った罪人、嬴政《えいせい》の母は、いやしい舞妓《まいこ》というではないか！　高貴なる王族の血を引き継ぐ正統な王は、私なのだ！」

自信に満ちた表情で成蟜が胸を張り、語る。

「私は反乱など起こしておらん！　罪人に奪われた玉座《ぎょくざ》を取り戻し、秦をあるべき姿に戻しただけだ！　我こそが、王だ！」

「成蟜様を讃《たた》えよ！　我らが真の大王に！」

竭氏が三度《みたび》、手を挙げる。それを合図に、兵士たちが再び賞賛の声を上げる。

「おー！　おー！　おー!!」

咸陽という都全てを揺るがすように、数万の軍勢の声が響く。

×　　×　　×

いにしえの避暑地の建物にいる信《しん》たちは、昌文君の隊と共に食事を摂《と》っていた。
昌文君から報告を聞く前に、疲弊《ひへい》した兵をまず休ませるべき。
そう判断した嬴政のはからいである。

避暑地に食料の備蓄などなかったが、近くには滝と川があって魚が捕れ、川辺では山菜や木の実が採取できた。

それらを料理したのは河了貂《かりょうてん》である。ずっと一人で生きてきたという河了貂は、食料の調達と扱いに長《た》けていた。

兵士たちは誰もが、川魚と山菜の料理をむさぼり喰っている。

「う、旨いっ！」「生き返ったッ！」「死ななくてよかった……！」

「これは君が作ったんだよな！」「心から感謝する！」「おかわりだ！」

兵士たちに褒《ほ》められ、河了貂が照れる。

「えへへへ、それほどでもあるけどよっ。ほら、喰った喰った！」

手づかみで魚を平らげた兵士が、河了貂に訊《たず》ねる。

「ところで。君は、何者なんだ？」

「俺？　俺は山のもんだ。名は河了貂。テンでいい。あんたは？」

「私は壁《へき》。昌文君に仕《つか》えるものの一人だ」

「壁、か。よろしくな」

ぺこりと河了貂がお辞儀する。何故《なぜ》か兵士たちの間で拍手《はくしゅ》が起こった。

「ど、どーも。どーも！」

愛想を振りまく河了貂。一方で信は、むっとした顔で昌文君を見据えていた。

昌文君も食事を終え、信へと目を向けている。

嬴政が信をちらりと見てから、昌文君に視線を向けた。

「そろそろ聞こう、昌文君。俺が黒卑村《こくひむら》に隠れていた間、咸陽ではなにが起こったのだ？」

河了貂と談笑していた兵士たちが、真剣な顔で口を閉ざした。食事の手も止まる。

昌文君が改まった態度で嬴政へと向き直った。

「……。はい。成蟜がついに反乱を起こした夜、我々は全員、王宮内から秘密の抜け道を通り、咸陽宮を脱出しました。大王に成り代わっていた漂《ひょう》と共に」

「漂!?」信が声を上げた。「漂もそこにいたのか!?」

嬴政が、すっと片手で信に黙するよう無言で示した。信も察して黙り込む。

昌文君が口を開き直す。

「脱出と偽装《ぎそう》が成功したかに見えたその時、思わぬ敵の追跡を受けました」

「……思わぬ、敵？」

怪訝《けげん》そうに嬴政。昌文君が一瞬、沈黙する。

「……はい。あの、王騎《おうき》です。王騎が軍を率いて、我らを襲いました」

王騎。秦の怪鳥の異名を持つ大将軍である。

「王騎が……」

難しい顔で嬴政が呟いた。信がきょとんとする。

「誰だ、それ？」

「お前は黙ってたほうがいいんじゃないか」

いつの間にか信の隣に来ていた河了貂が、信の脇腹を肘《ひじ》で突いた。それが微妙に傷を刺激し、信は計らずして黙り込む。

昌文君が報告を続ける。

「数でも練度でも、王騎軍は我らを上回り。我らは全滅するしかない……もはや、ここまで。そう思ったその時に、それまで身なりを隠していた漂が、馬を駆って表に立ちました」

「漂がッ!?」

先ほど河了貂に壁と名乗った兵士が、補うように嬴政に告げる。

「襲い来る敵を次々と漂殿が斬《き》り捨て、絶望しかけた我らに、王として声をあげたのです——諦《あきら》めるな、と。隊列を組み直し、密集して突破せよ、と」

壁の語った光景が、信の脳裏に浮かんだ。

勇猛にして果敢《かかん》。その漂の姿はまさしく未来の将軍だった。

「……漂。お前なら、ほんとの将になれたんじゃねえか」

小さな信の呟きは、誰に向けたものでもない。だが壁が大きく頷《うなず》いた。

「正直、信じられなかった。身代わりの彼は、ただの下僕の少年と聞かされていました。だが、あれはまぎれもなく将でした。漂殿の一声で、我らの絶望は吹き飛び、再び戦意の火が灯《とも》ったのです」

壁が遠い眼をする。

「漂殿は先陣を切り、王騎の軍に単騎、突撃していかれました。そして包囲を突破し、軍の追撃すべてをその身に引き受け、闇へと消えました」

「単騎って、一人で!?　なんでだ!?」

声を荒らげた信。昌文君の顔に悔恨の色が滲《にじ》む。

「──我らを。救うため、だ」

「嬴政様には皆が──我らが必要だと、漂殿が。だから漂殿が一人、囮《おとり》となって王騎軍を……漂殿のおかげで今、我らはこうして生きています」

辛《つら》そうに壁が言った。

信は理解した。追撃の軍が追っていたのは秦王、嬴政。その王が単騎で動けば、全軍が王を追う。その隙《すき》に昌文君の隊は態勢を立て直し、逃げることができる。

ただ一人、軍へと立ち向かう。それがどれほど恐ろしく、勇気の要《い》ることか。

信の目から涙がこぼれ落ちる。

「……漂。やっぱ凄《すげ》えな、お前は」

信は片手で涙を拭《ぬぐ》うと、ずかずかと嬴政に歩み寄り、その肩を掴む。

「おい政！　念願の昌文君とは合流できたぞ。さっさと城を取り戻しに行くぞ！」

信の行動に、兵士たちがざわついた。

「……政……って……まさか」

「貴様!!　大王様に向かって！」

兵士たちが数人、信に詰め寄る。今にも斬りかかりそうな雰囲気だ。

「あ？　やんのか？」

喧嘩ならば買うぜと言わんばかりの信に、いっそう場が緊迫した。

一触即発。しん、と場が静まる。

「よい。こいつの無礼は許してある」

静寂《せいじゃく》を破ったのは嬴政だ。信に詰め寄っていた兵士たちが顔を見合わせ、信から離れると嬴政に礼をした。

「……我らのご無礼、どうかご寛恕《かんじょ》を」

うむと一つ嬴政が頷き、目を昌文君に向けた。

昌文君が、信へと顔を向ける。

「信よ。そう簡単には、いかんのだ」

「なんでだ」

昌文君が言いにくそうに苦い表情をする。代わって壁が信に告げる。

「咸陽は成蟜軍の支配下にあり、今の我々では太刀《たち》打《う》ちできない。頼りは、右丞相《うじょうしょう》の呂不韋しかいない。彼が遠征から戻る機会に我々も合流し――」

「いや」

嬴政が壁の言葉を遮《さえぎ》った。

「呂不韋は動かない。そうだろう、昌文君」

壁が疑問の目を昌文君に向ける。

「！　……何故《なぜ》です？」

「呂不韋は嬴政様が殺され、成蟜が王に即位する時を待っているはず」

ざわりと兵士たちに動揺が走った。信と河了貂はよくわかっていない顔だ。

当たり前のことだと言わんばかりに、嬴政が言う。

「その時、呂不韋は。成蟜の非道を高らかに叫び、堂々と咸陽に攻め入る。間違いなく」

「まさか、そんな」

と壁。昌文君も嬴政と同じく、当然という顔をしている。

「呂不韋。奴もまた、王になろうとしている」

おいおい、と信が納得いかないという表情で口を挟む。

「ちょっと待て。呂不韋ってのは、政の家臣じゃねぇのかよ？　その呂不韋が敵だってんなら、政の周りは敵しかいねぇじゃねぇか」

信の指摘に、兵士たちが静まった。改めて状況の最悪さを知ったという雰囲気だ。

それでも嬴政は眉一つ動かさない。当然という表情のまま。

「建国よりおよそ五百年。この秦では常に、誰もが王の座を狙《ねら》っている」

「嬴政様」と昌文君。続けて、

「今は呂不韋右丞相、竭左丞相、両者の動静を見守り再起の時を見計らうべきかと」

「駄目だ。待っていては国が割れる」

嬴政は即座に否定した。さらに断固とした覚悟を感じさせる声で告げる。

「人民の平和のためにも。俺は一日も早く、王都に――玉座に、戻らねばならない」

「しかし！　今、我らを助ける軍勢など、どこにもございませぬ。手勢はここにいる兵士が全て。対して咸陽の軍にはおよそ八万の兵。今、戻っては、首を差し出しに行くようなもの！」

昌文君の隊は、わずか三十名ほどの兵士が生き残っているのみ。

首を差し出す。その言葉は、事実。王都に戻るのはすなわち、確実に死を意味する。

兵士の数の差は絶対だ。それは信にもわかる。故《ゆえ》に言葉はない。

黙り込む信の横で、河了貂が呆《あき》れるように言う。

「んじゃもう、全部忘れてさ。ここで静かに暮らすか？」

場違いにもほどがある河了貂の言葉を、信が戒《いまし》める。

「さすがにそれはねえ。お前、黙ってろ」

河了貂を見る昌文君の目が変わった。

「おい……お前。その恰好は。先ほど、山のものだと言っていたな」

「あ、は……はい」

少し怯えたような顔の河了貂。昌文君の目に希望の光が宿る。

「……あった。あったぞ……一つだけ。呂不韋右丞相、竭左丞相、両軍に負けぬ大軍勢が」

こくりと嬴政が小さく頷く。

「ここに来た時から。俺もそれを考えていた」

信と河了貂、壁や兵士たちの誰もが、昌文君と嬴政の会話の意味がわからず、顔に疑問の色が浮かぶ。

嬴政と昌文君だけが、真剣で深刻な表情をしている。

「嬴政様、それでは」

「可能性は低い。だが。会いに行く他、我らに路《みち》はない——山の王に」


岩がごろごろと転がる、道とは呼べぬ山の谷間《たにあい》を、嬴政率いる昌文君の隊が進む。

目指すは、山の民《たみ》の里。

だが、明確な位置がわかっているわけではない。

四百年前。当時の秦王、穆公《ぼくこう》と同盟関係にあった山の民の集落が、この近隣の山々のどこかにあった——という不確かな情報だけを頼りに、一行はさまよっているも同然だ。

集落が今もあるのか。そもそもそこに、幾つもの部族で構成された山の民を統《す》べる山の王がいるのか。確かなことはなにもない。

それでも、行くしかないのだ。

昨夜、避暑地で鋭気《えいき》を養った昌文君の兵士たちも、朝から休みなしの移動で疲労の色が濃い。

体力には自信がある信、山歩きには慣れている山のものの河了貂も疲れた顔をしている。

頭の被《かぶ》り物だけ外して背後に垂らしている河了貂が、首の辺りを摑んで揺する。少しでも中に空気を入れたいらしい。

「……これ。脱ぎたい」

「勝手に脱げ」

と信。信は信で、まだ全身の傷が治りきっておらず、一歩進む度にあちこちが痛み、余裕はあまりない。

嬴政のみ、顔色一つ変えずに岩だらけの道を進む。だが疲れていないはずはない。

王であるという自負が、そう彼を振る舞わせているだけのことだ。

昌文君の側近、壁が主《あるじ》に問いかける。

「昌文君様、やはり危険では？　山の民と仲がよかったのも四百年前の話です。その後、秦の都合で一方的に国交は断絶、しかも秦の軍による山の民の酷《ひど》い虐殺もあったと聞きます」

それを耳にした河了貂が、露骨《ろこつ》に焦《あせ》る。

「げ！　やっぱヤバいじゃんっ！」

昌文君がちらりと河了貂を見やるが相手にはせず、壁に言葉を返す。

「壁よ。おぬしの言いたいことは承知の上。だがもはや、我らは山の民に会うしかないのだ」

「もし、山の民が話を聞かずに襲いかかってきたら……」

恐々《きょうきょう》と壁。信が固めた拳で己《おのれ》の胸を軽く叩く。

「安心しろ。もしもの時は俺が、襲ってくる奴は全て、ぶった斬《ぎ》ってやる」

当てにしていいのだろうか、という感じに壁が不安を顔に出した、その時。

嬴政が足を止めた。

「全員、止まれ。警戒しろ……すでに囲まれている」

「ヒャオウッ」「ヴァア！」「ジャ！」

奇声と共に、周辺の岩剝《む》き出しの山肌から、幾つもの人影が躍《おど》り出た。

ボロ布や毛皮を半裸にまとい、顔には粘土や木で作られた奇妙な仮面。

「出た！　本物の山の民だ！」

河了貂が声を上げた。

山の民たちが悪い足場をものともせず、一気に斜面を下って昌文君の兵士たちへと迫る。

一瞬で、兵士たちが何人か殴《なぐ》り倒された。

昌文君が剣を抜き、背後に嬴政をかばう。

「大王を！　大王をお守りしろっ！」

信と壁も剣を構え、嬴政の左右を固めた。さらに数人の兵で嬴政を囲む。

わずかな間に、一行は完全に山の民に取り囲まれてしまった。

その囲みの中から、一人の山の民が嬴政へと無造作に歩み寄る。

どうやらこの集団を率いている男のようだ。

壁が覚悟を決めた顔で、声を張る。

「大王様！　ここは私が！」

「よい。動くな、壁。昌文君、前を開けろ」

と嬴政。だが昌文君は動かない。

「しかし」

「よいと言っている、昌文君」

「……は」

警戒したまま、昌文君が壁の前へと動いた。

信の前には別の大柄な山の民が立ちはだかる。

「やんのか、こら？　あん？」

信が対峙《たいじ》した山の民を睨《にら》みつけ、にじり寄ろうとした。

「やめろってっ」

河了貂が信の襟首《えりくび》を後ろから引っ張って止める。

嬴政の前に立った山の民が、周囲を囲んでいる山の民に向けて言葉を発する。

「οξργ」

信には意味不明な音にしか聞こえなかった。山のものを名乗る河了貂ならわかるかもと、河了貂に問う。

「おい。こいつ今、なんて言った？」

「平地の民が勝手に入ってきた時は、両の目をえぐって崖から落とし殺す——って」

昌文君の兵士たちに、さらなる緊張が走った。

思わず信は河了貂を怒鳴る。

「おい、なんとかしろよ、テン！　言葉わかるのお前だけだろ!!」

「お、おうっ」

あたふたと河了貂が嬴政を指さした。

「ηζδ、εθι、τυω！」

「オオオオオッ、ξγη!!」

途端。嬴政の前の山の民が、天を仰いで咆吼《ほうこう》を上げた。信の前の山の民、隊を取り囲む山の民たちも興奮したように叫ぶ。

いきなりのことに信は慌《あわ》てた。

「お、おい、テン！　なんて言った!?」

「秦国の大王が山の王に会いに来たって、正直に言ったッ！」

「阿呆かッ!!」

信が剣を構え直すよりも早く、信の前の大柄な山の民が信の首を摑み、強引に信を伏せさせた。尋常ではない膂力《りょりょく》に、信は為《な》す術《すべ》もなく顔を岩に押し付けられる。

「大王様を守れ！」

昌文君が命令を発し、兵士たちがそれぞれに武器を構えた。

「動くな！」

反する命令をしたのは他でもない嬴政だ。兵士たちが困惑《こんわく》する。嬴政が淡々と告げる。

「――殺すなら、とっくに殺している。今はそういう状況だ」

嬴政の前の山の民が、嬴政の片手を握ると足払いをかけ、嬴政を伏せさせ拘束する。

昌文君、壁に続き、全ての兵士たちと河了貂が山の民に捕まった。

「ζδεθι」

嬴政の前に立つ、この場の山の民を率いているらしい男が、なにかを言った。

信が河了貂に訳させる。

「テン！　こいつ、なんて？」

「俺たちをどうするのかは、山の王に決めてもらうって」

山の王に会う。それが今の目的だ。

ここで無理に逆らって、処刑されるわけにはいかない。

信たちは全員、無抵抗で山の民に従った。後ろ手に縛られ、さらに一人では逃げられないよう腰を縄でつなげられると、何所《どこ》とも知れぬ場所に連行されていった。


信たちは、とても道とは呼べぬ細い崖の際《きわ》を一列で歩かされている。

嬴政は列の先頭辺り。信たちはそれより少し後ろ。信たちの場所から嬴政の姿はよく見えないが、それは地形のせいでもある。

右を見上げれば切り立った岩肌。左を見下ろせば絶壁の断崖。歩ける道は肩幅より多少広い程度。一列になって歩くしかない場所だった。

「くそ。油断したな」

信は捕まったことに不満そうな顔をしている。

前を行く壁が、肩越しに振り返った。

「山の王と交渉する。それが大王様の目的だ。そう考えると今の状況は悪くない」

「悪くねえだけで全然よくはねえけどな。だいたいやられっぱなしは性《しょう》に合わねえ」

不満顔の信に、壁が言葉を濁して告げる。

「交渉が上手《うま》くいかなかった、その時は。わかるな？　彼らの文明水準は決して高くはなさそうだ。いざとなれば――」

「ああ！　奴らの村で大暴れしてやる！」

山の民に中華の言葉がわからないのをいいことに、信は物騒なことを言い放つと軽く跳ねた。

足下がわずかに崩れ、石が転がり落ちる。

「うわ、危ねえッ」

断崖を転がっていった石が、どこかに落ちたような音は聞こえなかった。かなり深い谷らしい。

「ぞっとしたねえ……」

「信！」と、信の後ろの河了貂が不意に呼びかけた。

「テン。さっきの暴れるってやつ、訳すんじゃねえぞ？」

「そ、そうじゃないって。あれ、あれ！」

両手を後ろで縛られているため、指さすことができない河了貂が、顎《あご》で斜め前を示す。

信はそちらを見て、絶句した。思わず足が止まる。

「マジかよ……」

縄でつながれた兵士たちも同じものに気付いたらしく、揃《そろ》って立ち止まった。

絶壁に、巨大で荘厳《そうごん》な宮殿があった。

驚くことに、宮殿は岩壁を彫り込んで築かれている。木造建築とは様式がまるで異なるが、明らかに高度な文明の産物だ。

列の先頭。嬴政のみが平然と構えている。

「こうでなくては、交渉の余地もないというものだ」

嬴政の瞳に、いっそう強い意識の光が宿った。


断崖を彫って造られたとは思えぬほどの広間。天井は高く、太い柱が幾本も並んでいる。

広間を取り囲むように、山の民たちが並んでいる。数は信たちを捕らえた連中よりも桁外《けたはず》れに多い。その中には嬴政を捕らえた男、信を取り押さえた男の姿もあった。

信と河了貂、昌文君と壁、そして兵士たちは広間の中央に集められ、後ろ手に縛られたまま座らされている。

彼らの前。一人、嬴政のみが立っている。腕は縛られたままだ。

嬴政の視線の先、広間の奥。一段高くなったところに玉座があった。

玉座に寝そべっている者がいる。顔は奇怪な仮面に覆《おお》われて見えない。

仮面は他の山の民よりも凝《こ》った意匠《いしょう》で、頭の左右に角が生えている。一目で特別な地位にいるものだと見て取れた。

嬴政が玉座に向けて礼をする。

「第三十一代、秦国王。嬴政だ」

「我《われ》が山の王、楊端和《ようたんわ》だ」

玉座の仮面から、低くしわがれた声が聞こえてきた。その声が続ける。

「我になんの用だ？　そなたは弟に玉座を奪われ、逃げ回っていると聞いているぞ」

広間を囲んだ山の民の一部から、侮蔑と思《おぼ》しき声と笑いが漏れる。

楊端和が顔をそちらに向けた。途端、静寂が戻る。楊端和の支配力の証拠だ。

すなわち。楊端和の機嫌を損ねたその時《そこ》は、周囲全ての山の民が襲ってくるはずだ。

その結果は、確実な死である。

承知の上で、嬴政ははっきりと目的を告げる。

「山の民の力を、借りに来た」

「……」

楊端和がまっすぐと嬴政を見る。

仮面の向こうの表情はまったくわからないが、その沈黙は観察しているかのようだった。

「当てが外れたな。秦王よ、我らはそなたを裁かねばならん。四百年前。秦王、穆公と盟を結んだ時。我々の祖先は、国の広がりに至る兆《きざ》しを見た」

今度は嬴政が、無言で楊端和を見据える。楊端和の声が続く。

「しかし。穆公が死んだ後、権力を継いだ者どもの裏切りにより、夢は潰《つい》えた。平地の民と共に住んでいた我が一族は、秦国の者どもに惨殺され、再び山へ追われた」

楊端和の言葉は歴史通りだ。すなわち事実。

「その惨劇を、我らは忘れない。祖霊の怨念を鎮《しず》めるため、そなたの首を刎《は》ねねばならん」

お前を殺す。そう宣言されても嬴政の態度は変わらない。淡々と言葉を返す。

「なにがあったかは知っている。非はこちらにある。過去の愚行、秦国の王として心から謝罪する」

嬴政は楊端和に深々と礼をすると頭を上げ、堂々と胸を張った。

「──だが。民族、文化、信仰。異なるもの同士が交わるのに、一滴の血も流れなかったことがあろうか?」

「……」

楊端和は黙って聞いている。嬴政がさらに語る。

「永年積み重なってきた、差別と侮蔑の心が消えたことがあろうか? それらをなすことが、いかに至難の業《わざ》かは、歴史を見れば理解に易い」

一呼吸置き、嬴政がきっぱりと告げる。

「俺一人の首を刎ねて解決すると思うのは、間違いだ」

ふふ、と楊端和の仮面の奥から小さな笑いがこぼれた。

「いっぱしの名君気取りか? 若き王は、およそ人の痛みがわかっておらぬと見える。大切な者たちが殺される恨み、まずは此奴《こやつ》らの首を刎ねて教えてやる」

楊端和が片手を挙げた。秦の者たちを取り囲んでいた山の民たちの中から二人、動く。

彼らが向かったのは、信だ。

「俺っ？　ちょっと待て！　おい、こらッ!!」

山の民が二人がかりで信を床に押さえ込んだ。一人が剣を振りかざす。

「信が殺されちゃう!?」

河了貂が悲鳴を上げた。冗談じゃねえと信が声を張り上げる。

「おい政！　暴れるぞッ、いいか!!」

「待て」

嬴政が焦《あせ》ることなく命じた。信がさらに大声で訴える。

「待ってたら首がなくなっちまうッ!!」

嬴政は信から視線を切ると楊端和に目を戻した。

「そんなことをする必要はない。俺はすでに、その痛みを十分に知っている」

「……」

楊端和は無言。嬴政の言葉を待っているようだ。

「山の王よ。恨みや憎しみに駆られて王が剣を取るのならば、恨みの渦にいずれ国は滅ぶ。民の広がりを望む王ならば、人を生かす道を拓《ひら》くために、剣を取るべきだ」

楊端和は、ふっと鼻で笑ったのみだ。構わず嬴政が話を続ける。

「秦の民と山の民を分けるから、そこで諍《いさか》いが起こる。中華もそうだ。同じ平地の民なのに、殺し合いを五百年も続けている」

「…………なにが言いたい？」

楊端和が嬴政の言葉に興味を持ったか、沈黙を破った。

ここぞとばかりに嬴政は告げる。

「簡単だ。国境などというものを全てなくしてしまえば、争いはなくなる」

河了貂が目を瞬《しばたた》かせた。

「国境をなくすって……」

昌文君は無言。壁が困惑《こんわく》した顔で訴える。

「大王様。そんなことをすれば七つの国々が入り乱れ、さらなる争いが生じます」

山の民たちの間でざわめきが広がった。秦の言葉をわかるものがいるらしく、嬴政の言葉の意味を聞いているようだ。

山の民たちの中で、ざわめきがどよめきに変わった。

楊端和が玉座の上で、前のめりになる。

「貴様。まさか――」

楊端和はなにかを察したらしい。だが信にはさっぱりわからない。

「待てよ、お前ら一体、なんの話をしてんだ？」

嬴政が横目で信を見やる。

「俺が目指すところの話だ」

信が山の民に組み伏せられたまま、問いを重ねる。

「お前が目指してんのは、弟に奪われた玉座だろ？　だから助けを頼みに来たんじゃねぇのかよ？」

「玉座を取り返すことは、俺の路《みち》の第一歩に過ぎぬ」

「お前の、路？」

嬴政が視線を楊端和に戻す。

「楊端和よ。俺と共に歩まぬか？　誰も歩いたことがない修羅の路だが、その先には、光が待っているはずだ」

楊端和は無言。山の民たちの間で騒ぎが大きくなる。興奮気味に吠《ほ》えるものさえ出てきた。

玉座の近くで、老齢と思しき小柄で腰の曲がった山の民が二人、大声で楊端和になにかを訴える。

山の民の言葉がわかる河了貂の顔色が変わった。

「長老たちが、ヤバいこと言ってる」

「なにがヤバいって!?」

凝った仮面と衣装の長老の一人が、信のほうへと手をかざしてなにかを命じる。

「στυ!!」

「信！」

河了貂が叫んだ。名を呼ばれただけだが、信は即座に意味を理解する。

首を、刎ねられる。

信は上半身を押さえ込まれたまま、剣を振り下ろす山の民の足を蹴り飛ばした。

山の民が大きくふらつく。だが剣は止まらない。信を押さえ込んでいた山の民が、慌てて信から離れた。

「！」

信は身を捻《ひね》り、振り下ろされる剣の真下に縛られた腕を向けた。

ざんっと縛った縄のみが切断される。

「ルあッ！」

身を翻《ひるがえ》し、剣を持った山の民を一撃でぶっ倒し、剣を奪った。

疾風のように、己《おのれ》を殺せと命じた長老に肉薄し、剣を突きつける。

「てめえ。俺を殺せと言ったんだ。俺に殺される覚悟はできてんだな？」

その長老が、片言の秦の言葉で怒鳴る。

「オマエ、達！　呪ワ、レル！」

ざざざっと武装した山の民が足裏を鳴らして信へと迫り、取り囲む。

その程度で信は動揺しない。もう腹はくくった。そんな表情だ。

楊端和が信を見る。

「面白い小僧だな。さて、次はどうする」

「別に、どうもしねえよ」

信は無造作に剣を捨てた。

その信の予想を裏切る行動に、秦の兵士たちにも山の民たちにも驚きが広がった。驚きの余りに騒ぎ出すものもいる。

「騒ぐな、者ども」「ρηζδε」

嬴政が秦の兵士たちを、楊端和が山の民たちを戒めた。すぐに騒ぎが静まる。

信が楊端和へと向き直る。

「おい、大将仮面のおっさんよ。相手が王だというのに礼すらしない。難しい話ばっかでわけわかんねえけどさ、要するにこいつは今、困ってんだ。力、貸してくれよ」

ふてぶてしい口調で、信。とてもではないが頼んでいるという態度ではなかった。

壁が呆気《あっけ》に取られた顔になる。

「何と、程度の低い説得……」

河了貂も呆《あき》れ顔になった。

「ダメだこりゃ……」

他の秦の兵士たちもほとんどが呆れている様子だが、昌文君と嬴政は真剣な表情のままだ。

信が肩越しに、立てた親指で嬴政を指し示す。

「それに。こいつに今、恩を売っとくと、後ででっかく返ってくるかもしんねえぞ？　お宝とか、旨《うめ》え食いもんとかさ」

な？　と念を押す信。

長老の一人が、しゃがれた声でわめき散らす。

「黙レ、猿！　我ラ、祖先ノ無念、忘レヌ！　無念、忘レヌ!!」

信が、その長老を鋭い目で睨みつける。

「うるっせえんだよッ!!　無念無念って!!　一番の無念は、夢が夢で終わったってことだろうがよッ!!」

信の気迫に、怨嗟《えんさ》の怒声を挙げた長老が竦《すく》むように身を固くした。

信が重ねて訴える。

「もし、お前らが本気で、死んだ奴らのことを想うんだったら！　そいつらの見た夢、叶《かな》えてやれよッ!!」

しん、と広間が静まり返る。秦の者たちのみならず、山の民たちまで息すら止めているかのようだった。

完全に、信の気迫が全ての者を圧倒している。

広場は静まったままだ。

信が落ち着きなく、きょろきょろと視線をさまよわせる。

「……あ……えっと……」

なにかまずいことをしでかしたのか、俺。そんな顔をした信に、嬴政が告げる。

「お前にしては上出来だ」

嬴政が楊端和へと改まった態度で向き直る。

「……楊端和よ、俺には今、なんの力もない。だが、目指す路は虚《むな》しい世迷《よま》い言《ごと》ではない」

楊端和は、じっと嬴政を見据えている。

「四百年前の秦と山界の盟を復活させ、俺に力を貸してくれ。其方《そなた》にもわかっているはず。でなければ、あの避暑地を四百年経《た》った今も、あのように美しく護っていないはずだ」

考えてみれば、わかることだ。同盟を一方的に破棄した秦の側に、あの避暑地を保存する意味など皆無。ならば四百年の間、避暑地を保ち続けたのは誰の意志なのか。

他でもない、山の民の代々の王しかありえない。

楊端和は無言のまま。沈黙こそ肯定《こうてい》の証《あかし》。

楊端和から、嬴政は一瞬たりとも視線を外さなかった。

俺は言い切った。嬴政はそんな顔をしている。

ややあって、楊端和が口を開く。

「若き秦の王よ。一つ、尋《たず》ねる。我らは手荒い。玉座奪還の際、王宮は血の海になるやもしれぬが、構わぬか」

嬴政は眉一つ動かさず、即答する。

「そうやって奪われた玉座だ。なんの躊躇《ちゆうちょ》があろうか」

話はまとまった。そう誰にも思える状況だ。

だが山の民の長老の一人は納得がいかないらしく、怒鳴り散らす。

「我ラ、祖先ノ恨ミ、忘レヌ!!　貴様ラ、殺ス!!」

「黙れ」

　その長老に向け、楊端和が片手を掲げた。びくっと露骨に身を震わせ、長老が黙り込む。

　楊端和が手を戻し、嬴政へと語る。

「祖先の恨みは、忘れはせぬ。だが。古き怨念だけに縛られていては、国に光は射さぬ……」

「……νστυ……」

　繰り返し怨嗟《えんさ》の声を上げていた長老がなにかを言いかけたが、声は小さくなって消えた。

　今度こそ、話はまとまった。

　その証か、楊端和が片手を仮面にかけ、そして外した。

　現れたのは、まさしく美貌。

　信の目が丸くなる。

「……女……?」

　無礼と言えば無礼な言葉だ。だが楊端和に気にする様子はない。

「我、楊端和は。秦王、嬴政とかつてない強固な盟を結ぶ。周囲の山々からも兵を集めよう。戦の準備だ」

　楊端和が、信たちの身柄を押さえた時に山の民を率いていた男に目配せをした。

　その男が片手の剣を高く掲げ、ドンッと足を踏み鳴らした。

「οξρ、γηζδ!!」

　呼応して、山の民たちがそれぞれに武器を掲げて叫び、足を踏み鳴らす。

KINGDOM
キングダム

大地が震えるかのように、足を踏む音が広間を揺るがす。

信は嬴政の傍に行った。騒がしさの中でも聞こえるよう、顔を近づけて言う。

「おい、政。上手くいったな。こっからどうすんだ?」

ようやく、嬴政の顔に笑みが浮かんだ。

「ああ。策がある」


山の民たちの興奮が収まるのを待って、嬴政は今後の方策の説明を始めた。

広間の床に、咸陽の都を模した形に箱や縄を並べ、説明に用いる。

嬴政が箱を指し示す。

「ここが咸陽宮だ。駐屯《ちゅうとん》する兵の数は、およそ八万」

「俺たちは?」と信。

「我らが三十」と壁が答えた。

「山の民、すぐに動けるのは三千だ」と楊端和。

昌文君が渋い顔をする。

「三千三十対、八万……」

絶望的な数字だが、ろくな教育を受けていない信には、よくわからないようだ。

「つまり、どっちが多いんだ?」

河了貂が呆れ顔になる。

「どう考えても敵だろ。こっちに比べて二十倍以上だ」

「二十倍……それってどれくらい多いんだ？」

「まともにやり合えば、あっという間にこっちが全滅するくらい」

彼我の戦力差を、ようやく信も理解したらしい。

「じゃ、どうすんだよっ」

声を荒らげた信。嬴政はまったく慌てない。

「だから策があると言った。まず我らは、山の民になる」

「山の民にって。あの仮面でも借りて被るのか？」

「察しがいいな、お前にしては。その通りだ」

頷く嬴政。褒められた信はまんざらでもない顔だ。だが河了貂は露骨に嫌そうな顔をした。

「やだよ、あんなの被るの！　変な恰好だし！」

「お前が言うなよ」

と信。壁が、河了貂の梟の被り物を指さした。

「君はそのままでいいんじゃないか？　秦の者には山の民と区別が付かない」

ぱっと河了貂の表情が輝く。

「だよな！　これは俺の戦闘服だし！」

「で、政。山の民になってどうすんだ。それで城壁の中に入れるわけじゃないだろ」

「入れる。同盟を復活させに来た、と言えばいい。今の成蟜は、呂不韋との戦を前に一人でも多くの兵を欲《ほっ》している。山の民が軍に加わると言えば、断る理由などない。加勢に来た味方と思わせて招き入れさせれば、俺たちは無傷で城壁を越えられる」

嬴政の説明に、信は納得して頷いた。

「なぁるほど。やっぱ頭いいな、政は」

山の民が一人、信のところに珍妙な意匠の仮面を持ってきた。

「ρζδ」

「これを貸してくれるってか。どれ」

信の恰好が下僕のみすぼらしい衣装だからか、その仮面は、妙に信に似合っている。

それが皆の笑いを誘った。大笑いの渦が広がる。

だが昌文君は厳しい顔のままだ。嬴政に近づき、小声で話しかける。

「城の中に入ったとして……王宮までには、八万の兵がおります」

「お前は知っているだろう。あれを使う」

「あれですか。確かにあれならば……」

「いずれにせよ。我らにできることなど決まっている——行って、成し遂げる。それだけだ」

その嬴政の声には、断固たる決意があった。

第四章

突入、咸陽宮

咸陽宮《かんようきゅう》、西門。城壁回廊の見張り台に立つ兵士の一人が、なにかに気付く。

「……ん？　おい、なんだ、あれ？」

その兵士が遠方を指さした。別の兵士が、そちらを見やる。

「……？　山が、煙《けぶ》っている？」

遠くに望める低い山々が、薄茶色のもやのようなもので霞《かす》んでいた。

「霧《きり》……にしては、妙な色な感じだな」

「この季節にあんな霧、出ないだろ。それに……おい。なにか、聞こえてこないか？」

「聞こえるって、なにが」

「山鳴りのような――」

兵士の顔が、ハッとする。

「あれは軍馬の群れじゃないのか⁉　この音、行軍の⁉」

山を霞ませるほどの土煙の中。騎馬兵がこちらに向かって駆けてくる様子がわずかに窺《うかが》えた。

「千……いや、二千⁉　それ以上……三千はいるぞ⁉」

兵士たちが目を丸くした。片方の兵士が身を翻《ひるがえ》して走り出す。

「急ぎ、報告に行く！　引き続き見張りを！」

「心得た！」

報告に走った兵士が向かうのは王宮ではなく衛兵の詰め所。兵士には位《くらい》があり、見張りの兵士が文官に直接報告することはない。それは王宮仕《づか》えの衛兵の役目だ。

見張りの兵士は必死に城壁回廊を走り、衛兵の詰め所に駆け込んだ。見たままを伝える。

「西の門、遠方に騎馬の軍を確認！　その数、約三千！」

衛兵たちに緊張が走った。

「三千の軍だと？　報告せねばなるまいな、行ってくる！」

衛兵が一人、詰め所を後にする。別の衛兵が、見張りの兵士に告げる。

「急ぎ戻り、見張りを続けよ。なにかわかればすぐに報告せよ」

「は！」

見張りの兵士が、踵《きびす》を返して持ち場に駆け戻る。

一方、報告に出た衛兵は、まず下級文官の詰め所に向かった。報告すべき相手がどこにいるのか確認するためだ。

衛兵は下級文官の詰め所に着くなり、適当に一人を捕まえて問う。

「至急報告せねばならぬことがある。竭《けつ》様か肆《し》様はいずこに？」

「お二人なら今、成蟜《せいきょう》様の御前、玉座《ぎょくざ》の間かと」

「承知した、騒がせた」

立ち去ろうとした衛兵を、下級文官が呼び止める。

「なにがあったのです？」

「西の見張りから正体不明の軍が近づいているという報告があった。それを伝えにゆく」

軍。その言葉で、下級文官たちの顔色が変わった。

「しょ、正体不明の軍っ？　この咸陽にっ？　いったいどこの軍なんだっ」

「正体不明は、正体不明だ！」

怒鳴り、衛兵は玉座の間へと急ぐ。回廊ですれ違う文官や他の衛兵たちに動揺の気配はない。さすがにまだ正体不明の軍が接近しているという情報は出回っていないようだ。

玉座の間の扉を警護している衛兵が、報告に来た衛兵の尋常《じんじょう》ではない雰囲気に気圧《けお》される。

「凄《すご》い形相《ぎょうそう》だぞ、どうした？　なにかあったのか？」

「むしろなにか起こるのは、これからかもしれぬ。左丞相《さじょうしょう》様はいらっしゃるな。西の門の見張りからもたらされた報告がある、扉を開けてくれ」

「あ、ああ」

警護の衛兵が扉を開けずに室内に伺《うかが》いを立てる。

「左丞相様、西の門より報告が参りました！　よろしいでしょうか！」

よい、と扉越しに竭氏の声が聞こえた。すぐに警護の衛兵が扉を開ける。

報告の衛兵が室内に飛び込んだ。

部屋の奥。数段高い場所にある玉座の上に成蟜。その正面に竭氏、肆氏が立ち、さらに高級文官たちが十人ほど、左右に分かれて並んでいた。

報告の衛兵が、竭氏、肆氏の前に膝《ひざ》を突いて頭を下げ、礼をする。

「報告します！　西の門に馬群有り！　正体不明の軍と思《おぼ》しきその数、およそ三千！」

「──軍、だと？　確かなのか？」

と竭氏。衛兵は顔を上げずに答える。

「未《いま》だ確認にはいたっておりませんが、馬群が迫っているのは事実です！」

「軍だと？」と、玉座の上から声が降ってきた。成蟜だ。

「おい竭氏。おまえはなにか、知っているか？」

竭氏が畏《かしこ》まって告げる。

「い、いえ。存じ上げません。すぐに偵察《ていさつ》を放って調べさせますゆえ、しばしお待ちを。聞いたな、行け」

「は！」

報告の衛兵が玉座のほうへと顔を上げずに身を翻し、部屋を出ようとした。

そこに別の衛兵が駆け込んできた。先の衛兵と同じ姿勢で礼をし、告げる。

「接近する馬群より早馬の伝令あり！　接近するは、山の民《たみ》！　山の王、楊端和《ようたんわ》が四百年前の同盟を復活させるべく訪れたとのこと！」

その報告に竭氏が思案顔になった。

「山の民……山の民、か」

文官たちにも疑問を口にするものが現れる。

「しかし何故《なぜ》、奴らが突然、四百年も前の同盟を再び結ぶなどと言い出す」

「まずは小数の使者を寄こすのが普通だろうに」

「そこは蛮族ということだろう。軍をひけらかして我らと対等だと主張しているのでは」

「対等？　ふざけた話だ。奴らは猿にも等しき連中だ」

文官たちが意見を交わす一方、竭氏は考えがまとまったらしく、成蟜へと顔を向ける。

「これは好機かもしれませんぞ、成蟜様」

成蟜が浮かない顔をする。

「猿が同盟を結びに来たのが何故《なにゆえ》に好機になるのだ、竭氏よ」

「山の民の戦士の数は、数十万に及ぶと聞いております。奴らを味方に引き込めれば」

「利用するというのか、猿を」

「左様《さよう》です。全ては呂不韋《りよふい》を倒すため。呂不韋軍と猿が戦う様を眺めるのも一興ではありませぬか」

「……ふん。よかろう、任せる」

成蟜の許可を得て、竭氏が改めて報告に来た衛兵たちに命じる。

「山の民の伝令に伝えよ。西の門の前にて全軍停止、しばし待たれよと」

「は！」「直《ただ》ちに！」

衛兵たちが揃《そろ》って部屋を出ていった。

その背に、成蟜がくだらぬものを見るような目を向ける。

「猿どもの匂《にお》いで臭《くさ》くならなければいいがな、王宮が」

×　　×　　×

竭氏からの指示に従い、山の民の軍三千は、咸陽宮城壁西門の前に集《つど》い、止まった。

騎馬隊の先頭に楊端和。同盟復活の後に名を知らされた、嬴政《えいせい》を捕らえた山の民屈指の戦士バジオウ、信《しん》に突っかかってきた石斧《いしおの》を持つ戦士タジフが、楊端和の傍《そば》にいる。

その後ろに、山の民に化けた信と河了貂《かりょうてん》、嬴政、昌文君《しょうぶんくん》たち。

石造りの巨大な城壁に、極めて強固な造りの分厚そうな門。

門の扉は当然のように固く閉ざされている。

信は城壁を見上げ、山の民から借りた仮面の下で表情を険しくする。

「……漂《ひょう》の、真の仇《かたき》は。あの壁の向こうか」

「ああ。反乱の首謀者はこの中だ。決着の時だぞ、信」

「――おう」

「でもさ」と梟《ふくろう》の姿の河了貂。不安そうな声で続ける。

「門。本当に開けてくれるかな……」

嬴政が確信を感じさせる口調で告げる。

「必ず開く。成蟜軍は八万。対して呂不韋軍は二十万。成蟜、竭氏はその実、数の差に焦《あせ》っている。援軍は喉《のど》から手が出るほど欲しいはずだ」

楊端和が肩越しに、ちらりと嬴政を窺《うかが》った。

「我ら、今は三千だが。その背後には数十万の山の戦士がいる」

「そういうことだ。奴らは必ず、我々の申し出に乗ってくる」

と、その時。ギ、と門の扉が軋《きし》み音を放った。

鈍《にぶ》く重い音と共に、ゆっくりと門が開き始める。

「あ！　開いた！」

河了貂が声を弾《はず》ませた。信は無言で門の向こうの景色を見据える。

数人の文官たちが、背後に兵士を従えて立っていた。

扉が開ききった後。文官の一人がゆっくりとした足取りで、山の民の軍先頭にいる楊端和へと近づいてきた。

馬上の楊端和を見上げ、文官が問う。

「楊端和殿で、相違なかろうか」

楊端和が無言で仮面に手をかけ、外した。馬から下りずに名乗る。

「いかにも。我《われ》が山の王、楊端和である」

露《あらわ》になった美貌に文官が目を奪われる。しばし注視してしまい、それが無礼だと気付いたか、慌《あわ》てて頭を下げた。

「し、失礼いたしました。楊端和殿、お入りください。秦国《しんこく》は貴方方《あなたがた》を歓迎いたします」

楊端和の後ろ。信と河了貂が拳を固める。

「……よし」「やった」

思惑《おもわく》通りにことが進む――と思いきや、文官に想定外の指示をされる。

「ただし。この先へは招くのは、楊端和殿と、従者五十人までとさせていただきます」

「……よかろう。では五十人を選ぶ故《ゆえ》、しばし待たれよ」

「承知いたしました」

楊端和と文官が互いに了承した。文官が踵を返し、門まで戻る。

信は声を潜《ひそ》めて嬴政に話しかける。

「おい、五十人で八万の軍と戦うのかよ」

嬴政も小声で返す。

「ここから王宮までの警護の兵士は最小限のはずだ。軍の駐屯所《ちゅうとんじょ》は、王宮より離れている。軍の本隊が押し寄せる前に成蟜を討つ。昌文君？」

嬴政が昌文君に意見を求めた。昌文君が即座に返す。

「山の民の精鋭四十人、我らから十人」

うむと嬴政が小さく頷《うなず》く。

「いいだろう。昌文君、兵士の選出はお前に任す」

「は、承知いたしました」

と昌文君。すぐに行動を始め、側近の壁《へき》と相談を始める。

「俺は数に入っているんだろうな？」

その信の問いに、昌文君が真顔で答える。

「外したら怒るのだろう、お前は。漂から聞き及んでいるその腕、当てにさせてもらう」

「おう、任せろ」と信。顔を傍《かたわ》らの河了貂に向ける。

「テンはここで待ってろ」

ふるふると梟の被《かぶ》り物が頭を横に振った。

「俺も行く。手柄を上げて報酬をたくさん貰《もら》いたい」

「はは。勝手にしろ」

信の仮面から笑いがこぼれる。

そんなやり取りの間に、城内に入る五十人の選出が終わった。

選ばれた山の民と、山の民に化けた昌文君の兵士たちが、門をくぐるために馬を下りる。

信と河了貂、楊端和も続いて馬を下りた。

最後に嬴政が馬から下り、両足で地を踏みしめる。

「……」

そして無言で、一歩を踏み出した。


西門から入った嬴政たちは、文官たちの道案内に従い咸陽宮の中を進む。

先頭は楊端和。左右をバジオウとタジフが固め、その後ろに嬴政、信、河了貂。

以下、昌文君と壁、そして選出され兵士たちと山の民の戦士たちが列を作って続く。

「もう王宮の中なのか?」

ささやくように信が嬴政に問うた。嬴政も信のみに聞こえる小声で返す。

「この先に朱亀《しゅき》の門があるが、そこで王宮までのほぼ半ばだ」

「朱亀の門――例の場所か」

信は、山の王の砦《とりで》で嬴政から聞いた咸陽宮の構造と作戦の説明を思い出す。

王宮には、いざという時に王が脱出するための秘密の抜け道があり、その一つが朱亀の門にある。

門がある城壁の内壁から入る、王宮の本殿に通じる地下回廊。

そこを使い、王宮の本殿の奥にいる成蟜を急襲、討ち取る。

それが嬴政の立てた作戦だ。

開戦の場所となるのが、まさに朱亀の門であった。

嬴政が確かめるように、信に告げる。

「朱亀の門が開いたら、突入する。お前は俺の剣だ。当てにしているぞ」

「任せろ」

前方。城壁の門より小さな門が見えてきた。先ほど嬴政の言った朱亀の門のようだ。

門は閉ざされている。その前に武装した兵士数十名と率いている将の姿があった。

「あれが、最初の敵か」

ぼそりと信が呟《つぶや》いた時。案内の文官が足を止めて振り返った。

「止まっていただきたい。後の指示は、あの武官に従っていただきたく」

「承知した」

頷きもせず、楊端和。楊端和が立ち止まり、自然と後ろの列も停止する。

敵将が、大声で告げる。

「ここで武器を預かる！　全員、武装を解かれよ！」

山の民に化けた昌文君の兵たちが、わずかに動揺した。山の民の戦士は秦の言葉がわからないものがほとんどだからか、特に反応はない。

楊端和が敵将に対し、堂々と胸を張る。

「我らはかつて、秦国と同盟を結んでいた。しかしそれを裏切ったのは秦国であった」

「……む」

敵将が口を固く結んだ。なにか思うところがありそうだ。

信は、ちらりと朱亀の門のある城壁の上へと目を向けた。

身なりのいい高級文官の姿がちらほらとある。様子を見に来たらしい。

信の隣の壁が、城壁の上をあからさまに見ないようにしつつ、小声で信に教える。

「あれが左丞相の竭氏とその参謀、肆氏。左慈《さじ》の姿がないのが少し気になるが」

誰が誰のことなのか、信にはさっぱりわからない。

何となく、偉そうなほうが丞相とやらだろうと思う程度だ。

「名を言われても、な。そいつら全員、ぶっ倒す敵なんだろ」

「その通りだ」

「そんだけわかりゃいい」

敵将と楊端和の短い睨《にら》み合いの間に、信と壁の密《ひそ》かな会話が終わった。

楊端和が口を開き直す。

「武器を手放せば。我らは、かつてのように一網打尽《いちもうだじん》の攻撃を受けるやもしれぬ」

敵将の顔色が変わった。明白な怒りが顔に出る。

「我々を、信用せぬと言うのか!?」

怒鳴った敵将に対し、楊端和は淡々と言葉を返す。

「我らの祖は其方《そなた》たちの祖を信用し、裏切られた。決して忘れられぬことだ。此度《こたび》は同盟を復活させるまで、武器だけは手元に置く。我らに武器を手放させたいのであれば、其方《そなた》たちがまず、ここで全ての武器を捨てられよ」

「……むぅ」

敵将が城壁の上を振り仰いだ。竭氏、肆氏に判断をゆだねるらしい。

×　　×　　×

竭氏と肆氏は、形だけでも出迎えの礼をせねばならぬだろうと、真下に朱亀の門がある城壁の回廊に来ていた。

城壁から見下ろす山の民たちの印象は、やはり蛮族でしかなかった。

戦力として使い捨てるのには便利だろうが、末永く友好関係を深める気など竭氏にも肆氏にもない。呂不韋の勢力さえ退《しりぞ》けられれば、山の民など無用の存在だ。

だが、たとえ仮初《かりそ》めになるとはいえ、楊端和は同盟を結ぶ山の民の長《おさ》。ここで機嫌を損《そこ》ねるのは得策ではない。

肆氏が小声で竭氏に言う。

「こちらにも武器を捨てろ、と。すでに対等のつもりのようです、あの蛮族の女は」

ふふんと竭氏が小さく鼻で嗤《わら》う。

「言わせておけ。武装解除はさせるまでもない。たとえ刃《やいば》を向けてきたとしても、わずか五十人でなにができる。王宮へは、あの女……楊端和しか通さぬしな」

「よいのですか」

「そう言っている」

竭氏の言葉を受けて、肆氏が城壁の下の将に視線を戻した。一つ小さく頷いてみせる。

竭氏が肆氏に声を抑えて告げる。

「念のためだ。魏興《ぎこう》を呼べ」

魏興。竭氏の部下の武官である。衛兵の一隊を率いる将であり、かなりの強者《つわもの》だ。蛮族の五十人程度、魏興の隊ならば簡単に制圧できるだろう。

竭氏も肆氏も、そう信じて疑っていなかった。

当然という顔で、肆氏が返答する。

「は。直ちに」

×　×　×

竭氏の隣に立つ肆氏が、敵将に向けて軽く頷いた。

楊端和の主張を認めたようだ。敵将が改めて、楊端和に告げる。

「よし。では、同盟を結ぶまでは武器を手元に置かれよ」

敵将の合図で、門の前に立ちふさがっていた兵士たちが左右に分かれた。

軋み音と共に、朱亀の門がゆっくりと開く。

敵将に案内され、一行が門へと進む。

いよいよ、だ。ついに、逆襲の戦いが始まる。

山の民に化けた昌文君の兵士たち、山の民の戦士たち、全てに緊張が走る中、嬴政が楊端和と肩を並べた。

「楊端和殿。共に戦ってくれることに感謝する」

ふっと楊端和が短く笑った。

「存分に楽しもうではないか」

嬴政と楊端和の背を前にして、信も緊張した。門を通り、城壁の中に入る。

城壁はただの壁ではなく、建物に近い。門から入って反対側に出るまでの距離は数十歩では収まらない。

城壁上の回廊にいた蝎氏、肆氏からは城壁を通る嬴政たちは見えなくなる。

事を起こすならば、今だ。

楊端和の脇にいた山の民の戦士バジオウが、剣を握り直して前に出ようとする。

そのバジオウを、楊端和が片手で遮《さえぎ》った。

「駄目だ。この戦《いくさ》を始めるのにふさわしいのは、ただ一人しかおらぬ」

嬴政が、鞘《さや》に納めたままの腰の剣の柄《つか》に、手を掛けた。

楊端和が敵将の背をまっすぐと見据え、告げる。

「戦を始めるのは。秦王、嬴政だ」

一人、嬴政が敵将へと足早に近づき、しゃんっと刃を鳴らして剣を抜き放つ。

そして。躊躇《ためら》いなく、敵将を背中から切り捨てる。

一瞬遅れて、ばっと血がしぶいた。

敵将はなにが起きたかも理解できずに絶命し、その場に突っ伏す。

敵将の向こうで道案内を務めていた敵兵士が異変に気付いた。

「貴様たち、なにをッ!!」

「まさか、斬《き》られたのか!?」

「奴だ、奴を殺せ!!」

剣を抜いているのは、嬴政のみ。その剣からは敵将の血が滴《したた》っていた。

数人の敵兵士が武器を手に、嬴政へと殺到する。

「ハアッ!!」

気合い、一閃《いっせん》。嬴政は詰め寄ってきた兵士全てを切り捨てた。

そして嬴政は仮面を外し、素顔を敵兵に晒《さら》す。

攻撃態勢に入っていた兵士たち全員の動きが止まった。

「大王様だ」「嬴政様」「ま、まさか」「ど、どうする?」

「お前たち！　なにを竦《すく》んでいる！」

叱責《しっせき》の声が進む先から聞こえてきた。別の敵将が姿を見せている。

「我らの王は成蟜様だ！　その男は逆賊、大罪人！　殺せ、首を取れ！　手柄になるぞ!!」

「お、おう！」「やるしかない！」「それなら俺が!!」

怯《ひる》んでいた兵士たちが再び敵意を剝《む》き出しにする。

城壁の先と門の向こう、両方から敵兵士たちが雪崩《なだれ》を打って襲ってきた。

「ヲｸﾗ!!　オオオオオッ!!」

山の民の戦士たちが吠《ほ》え、敵兵士を迎撃する。山の民に化けていた昌文君の兵士たちも変装を解き、武器を構えた。

楊端和が両の手に一本ずつ剣を持った。

「さて。楽しませてもらうとしよう」

まるで踊るように楊端和が双剣を振るう。剣が閃《ひらめ》く度《たび》に敵兵士が一人、倒れ伏す。まさしく死の舞踏だった。

嬴政が襲い来る兵士を切り捨てつつ、信に告げる。

「手はず通り、ここで二手に分かれる。壁、信、別動隊の十名は秘密の回廊から王宮に乗り込み、本陣を叩け。我らは囮《おとり》となり、正面から突き進む！」

昌文君の側近、壁が即座に動く。

「は！　信、行くぞ。秘密の通路は、そこの柱の横から入る」

壁が示した場所に、扉など見あたらない。

「隠し扉だ。このように」

柱の横が開き、通路が現れる。確かに隠し通路だった。

剣を振るっている楊端和が、部下たちに命じる。

「バジオウ、タジフ！　行《ゆ》け！」

山の民の戦士随一《ずいいち》の強者バジオウ、次ぐ強者のタジフが、斬りかかってくる敵兵士を難なく返り討ちにし、信たちのほうへと走る。

壁が先頭に立って隠し通路に飛び込む。

「別働隊、ついてこい‼」

「行くぞ、テン！」

信は壁に続いて駆け出し、ちらりと背後の河了貂を肩越しに見やった。

「うん！」

河了貂も健気《けなげ》に信を追う。隠し通路に入る直前、信は嬴政へと声を投じた。

「政、また後でな!!」

敵兵士の返り血で頬を汚した嬴政と、信は目があった。

互いに、にやりと笑みを交わす。

死ぬなよ。

お前こそな。

そんな言葉など今は必要ない。ただ互いに成すべきことを成すのみだ。

この時。信と嬴政の間には確かな信頼があった。

かつての、漂と信とのように。

第五章

咸陽宮の戦い

朱亀《しゅき》の門を抜け、嬴政《えいせい》が率いる囮部隊《おとり》は、王宮に通じる回廊下、公龍《こうりゅう》の広場に出た。

王宮へと通じる場所には、円形の盾《たて》を構えた兵士がずらりと並び、嬴政たちの行く手を阻《はば》んでいる。

広場を囲む城壁上の回廊に、騒ぎを聞きつけて朱亀の門の上から走ってきたと思《おぼ》しき竭氏《けつし》、肆氏《しし》、他にも複数の文官、武官の姿がある。

隊を率いている嬴政に竭氏が気付き、驚愕《きょうがく》の声を上げた。

「え、嬴政ッ?」

肆氏が嬴政の近くにいる昌文君《しょうぶんくん》の姿に、渋面《じゅうめん》を作る。

「昌文君!?　王騎《おうき》め、あの首、やはり偽物《にせもの》であったかッ！」

竭氏と肆氏のもとに、多くの弓兵を率いた武官が一人、やってきた。

先ほど念のためと竭氏が肆氏に呼ばせた、魏興《ぎこう》である。

竭氏がさっそくとばかりに命じる。

「嬴政の首を取れ、魏興!!」

「は！」

すぐさま魏興が、さっと手を挙げた。

「弓隊、整列！　構え！」

城壁の上、統制のとれた機敏な動きで弓兵たちが隊列を展開させ、揃《そろ》った動きで弓を構え、矢をつがえる。

「εθιμσ!!」

弓兵たちに構わず正面を突破するべく、山の民《たみ》の戦士たちが斧《おの》や剣、槌《つち》を手に、盾を構えた前方の兵士たちに突撃する。

その数、十人ほど。それぞれが奇声を上げ、尋常《じんじょう》ではない脚力で敵に肉薄する。

彼我《ひが》の距離が見る間に詰まり、盾を構えた兵士たちの表情に焦《あせ》りの色が浮かんだまさにその時、魏興が掲《かか》げた手を振り下ろした。

「撃てッ!!」

弓隊が一斉に矢を放つ。

城壁の上から雨のように、無数の矢が山の民の戦士たちに降り注ぐ。

山の民の戦士は仮面以外、防具らしい防具など身につけていない。腰と足にボロ布や毛皮をまとっている程度だ。

剝《む》き出しの肩に胸に、腰に脚に。次々と矢が突き刺さり、もんどり打って転倒する。

ここぞとばかりに、回廊上の肆氏から檄《げき》が飛ぶ。

「魏興！　早く嬴政の首を取らないか！」

命令に従うべく魏興が次の手を打つ。

「弩行隊《どこう》、射撃用意！　前へ！」

盾を構えた兵士たちの後ろ。装備の違う兵士たちがいる。

手にしているのは、弩弓《どきゅう》という武器だ。

矢を打ち出す弦《つる》が横向きについている弩弓は、人力で弦を引く通常の弓と違い、短い矢を強力な仕掛けで放つ。連射は出来ないが扱いは容易《たやす》く、至近距離から矢を放てば金属の防具をも貫いて致命傷を与えられる。

矢をつがえた弩弓を突きつけられるのは、すなわち、死を突きつけられるのと同じ。

盾の兵士たちと弩弓の兵士たちが足並みを揃え、嬴政たちのほうへと動き出す。

急な動きではない。冷静に獲物を追い詰めるように、一歩一歩、倒れた山の民の戦士たちを踏み越えつつ、じりじりと距離を詰めてくる。

昌文君が、嬴政をかばうように前に出た。

「ここは一度、下がって立て直しを！」

嬴政より先に、楊端和《ようたんわ》が昌文君に言葉を返す。

「いや、このままだ」

「――楊端和？」

楊端和の意図がわからず、嬴政が怪訝《けげん》そうな顔になる。昌文君も同様だ。

「退《ひ》かれよ、楊端和殿。全滅しますぞ！」

は、と楊端和が短く笑い、そして声を張る。

「矢ごときに屈する、我らではない！」

楊端和の視線の先に、倒れ伏した山の民の戦士たち。ぴくりとも動かない彼らを踏み越え、弩行隊が迫ってくる。

KINGDOM
キングダム

盾の兵士の向こう。ずらりと並ぶ、数十の弩弓。じきに必殺の間合いに入られる。

倒れた山の民の戦士たちを見る嬴政の目に、光が宿った。なにかに気付いたようだ。

「――昌文君。俺たちも山の民に続くぞ」

「大王ッ？」

驚愕の昌文君。構わず楊端和が山の民の言葉で号令を掛ける。

「ογζδッ!!」

同時に、盾の兵士と弩弓の兵士が隊列を入れ替えた。

前面に弩弓の兵士が出て攻撃に備える。

城壁の上で指揮をしている魏興の顔に、余裕の笑みが浮かんだ。

「馬鹿な猿どもが」

勝利を確信したような表情で、魏興が命じる。

「全弩、一斉射撃！　撃て！」

その瞬間。伏していた山の民の戦士たちが全員、跳ね起きた。

先ほどの楊端和の号令は、これを指示していた。弩弓の射撃の瞬間に備えよ、と。

矢を受けた山の民の戦士たちは、全員が致命傷を避けていた。急所を避けてわざと矢を受け、死んだふりをしていたのだ。

盾と弩弓の敵兵に踏み越えられても、耐えて反撃の命令を待っていたのである。

「ξρ!!ッ!!」「τυーッ!!」「γηζッ!!」

山の民の戦士たちが奇声を上げ、弩弓を放つことに集中していた兵士たちに襲いかかる。

「ぎゃあッ！」「死んでたんじゃッ？」「馬鹿なッ！」

一瞬で何人もの兵士が絶命し、隊列が乱れた。

楊端和も嬴政も、当然という顔だ。昌文君が目を見張る。

「生きておったのか！」

魏興の顔から余裕の笑みが失せ、怒りと焦《あせ》りが混ざった表情に変わる。

「な、なにをしておるのだ！　そいつらに構うな、前の嬴政を討ち取れ!!」

檄を飛ばしても、すでに遅い。公龍の広場は敵味方入り乱れての乱戦状態になった。

「さて。私も行くとしよう」

楊端和が闘いの渦に身を投じる。踊るように両手の剣を閃《ひらめ》かせ、次々と敵兵を屠《ほふ》っていく。

「昌文君」「は！」

嬴政と昌文君も敵兵士へと斬《き》りかかった。

「く、来るなあッ！」

焦った敵兵士が弩弓から矢を放ったが、至近距離であってもきちんと狙《ねら》いをつけなければ、そうそう当たるものではない。

嬴政の髪をかすめて矢が飛び去る。直後、その敵兵士が嬴政に斬り捨てられた。

至近距離での乱戦に、連射ができない弩行隊では為《な》す術《すべ》がないのだ。

見る間に弩行隊が数を減らす。

さらに山の民の戦士が、獣のような俊敏さで城壁をよじ登り、回廊の弓兵たちに飛びかかる。

弓は熟達者が扱えば、至近距離でも戦うことができるが、それにはかなりの技量が必要だ。それこそ弓一本で将にまで成り上がるような武人でなければ、素人《しろうと》の剣にすら抵抗できない。

そして魏興の隊の弓兵に、そこまでの技量はなかった。次々と山の民の戦士に倒され、ある者はその場で絶命し、ある者は城壁から下に蹴り落とされて死ぬ。

城壁の回廊まで乱戦が広がり、竭氏、肆氏の顔色がみるみる悪くなる。

肆氏が背後の文官たちを怒鳴りつける。

「王宮内の衛兵をすぐに集めよ！　急げ！」

「た、直《ただ》ちにっ」

あたふたと文官たちが王宮のほうへと走る。見送りもせず肆氏が竭氏に告げる。

「丞相《じょうしょう》様は、本殿までお引きを」

竭氏が疲れたような顔で嘆息《たんそく》した。

「嬴政の首も見届けずに引くなど、成蟜《せいきょう》殿に叱責《しっせき》されるのは儂《わし》なのだぞ……ええい、忌々《いまいま》しい猿どもがッ」

吐き捨てるように言い、竭氏が場を後にする。

その間に公龍の広場では、魏興の隊を嬴政の隊が突破した。回廊を抜け、次の門に進む。

昌文君が声を張る。

「あの門をくぐれば、王宮の広場だ！」

目指す玉座《ぎょくざ》はもう目の前だ。

「うおおおっ！」「我らが大王のために！」「ορδ!!」

兵士たちの士気が上がるが、次の門から敵兵士が雪崩《なだ》れ込んでくる。

信《しん》たち別働隊に十人の人員を割いた嬴政の隊は、残り四十人足らず。

対し、敵兵士は王宮から無限にわき出てくるようにさえ感じられる。

だが、それでも嬴政には留《とど》まる、引くなどという選択肢はない。

前に突き進むのみだ。

「ハアッ!!」

ざんっと立ちふさがる敵兵士を肩から斜めに斬る。

くずおれる敵兵士。その陰から飛び出した別の敵兵士の剣が、嬴政の肩近くの腕をかすめた。

傷から鮮血が飛ぶ。深い傷ではないが、浅くもない。

「大王様！」

「俺に構うな！」

嬴政が怒鳴ったが、兵士の一人が嬴政をかばって前に出る。

「中に入り過ぎです。我らの後ろに――」

言い切る前に、その兵士が斬られた。致命傷らしく、嬴政へと背中から倒れ込む。

兵を抱き留め、脇から嬴政は剣を突き出した。

「グアアッ」

味方の兵士を斬り捨てた敵兵士の胸に、深々と嬴政の剣が突き刺さる。

数える間もなく命が消し飛び続ける、その最中。

——信。お前に失敗は許されんぞ。

——たとえ。なにが立ちふさがろうとも、だ。

嬴政は、この戦場に姿のない怪物に挑むだろう信のことを思った。


信は、別動隊に選ばれた精鋭と壁《へき》、河了貂《かりようてん》と共に、王宮へと通じる秘密の地下回廊を走っている。

地下とはいえ、天井にはところどころに明かり取りの穴が開いていて、視界は闇に閉ざされていないが、先が見通せるほど明るくはない。

床と壁は石積みで、足音がやけに高く響く。

もし何者かが先で待ち伏せしていたら、こちらの動きが筒抜けになるな、と、ちらりと信が考えた時だった。

嫌な予感。そうとしか言えない感覚に、信は襲われた。

「止まれ、壁!」

回廊が直角に曲がっているところで、信は前を行く壁に呼びかけた。

「どうした?」

角を過ぎたところで、壁が足を止めて振り返る。通路の先はしばらく明かり取りの穴がないらしく、闇が広がっていた。

その闇の中。壁の肩越しに信は見た。

ゆらりと一つ、灯《あか》りが浮かぶのを。その灯りに、幾人かの人影が照らされる。

武装した兵士たちだった。

「もしかして、バレてたっ？」

河了貂が声を上げた。その声に応《こた》えるかのように、さらに次々と灯りが現れる。石壁に設《しつら》えられた幾つもの油皿に火が灯《とも》ったようだ。

周囲が明るくなり、伏兵《ふくへい》たちの全容が露《あらわ》になる。

数は少なく見ても信たちの三倍以上。地下回廊という場だからか大半が剣兵、残りが槍兵《そうへい》。弓兵はいない。

敵の隊の先頭、男が立っている。鞘《さや》に納めたままの刀を肩に担《かつ》いだその男が、どうやら隊を率いる将のようだ。

退屈しきったような表情、光の消えた目。

一見、死人のようにさえ感じられるが、一方で強烈な殺気を全身から放っている。ただならぬ気配だ。この男が強者《つわもの》であることは間違いない。

敵将が、くだらなさそうに言う。

「やっぱり、こっちから来たか。下郎の考えそうなことだ」

その敵将の物言い。嬴政の策を馬鹿にされたようで、信のかんに障《さわ》る。

「あ？　なんだと？」

今にも飛びかかりそうな信。一方、壁は身を固くしている。

「さ、左慈《さじ》将軍……！」

「将軍？」と信。

「い、いや。今は将軍じゃないんだが……」

震える声で、壁。その横を山の民の戦士が一人、駆け抜ける。

「στυ！　オオオッ!!」

雄叫《おたけ》びと共に剣を振り上げ、山の民の戦士が左慈に斬りかかる。

「……」

左慈が無言で、その一撃を剣で弾《はじ》き飛ばした。体勢が乱れた山の民の戦士を、返す刃《やいば》で脳天から叩き切る。顔色一つ変えることなく、さも当然というように。

返り血が雫《しずく》となって左慈の顔に飛ぶ。ち、と左慈が舌打ちした。

左慈が、顔についた返り血を親指で拭《ぬぐ》って舐《な》める。

その行為に河了貂が露骨に引いた。表情に嫌悪感がありありと浮かぶ。

それに気付いたか、ちらりと左慈が河了貂を見た。

びくっと河了貂が震え、信の後ろに隠れた。

左慈が、信たち別働隊を確かめるように眺める。

「──どうやら、嬴政はいねえらしいな。つまんねえ……お前ら。後は、やっとけ」

面白くなさそうな顔で、左慈が踵《きびす》を返した。

「待ちやがれ！」

信が怒鳴るが、左慈は振り返りもせずに地下回廊の奥へと立ち去る。

「待てっつってるんだよッ!!」

左慈を追おうと信が剣を抜いて駆け出した。

副官か、敵兵士の一人が檄を飛ばす。

「全員、かかれ！　一人たりとも生かして残すな！」

「おおおおッ!!」

敵兵士たちが、それぞれの武器を一斉に構えた。剣を持った兵士たちが信を迎え撃つために走り出す。

「来たーッ！」

河了貂が大声を上げた。

「ウルあああッ!!」

信が気合いを入れて加速する。

「ξργ!!」「ικμ!!」

山の民の戦士バジオウとタジフが信に続き、さらに他の兵士たちも全員、突撃をかける。

敵兵士たちの先頭と、信、バジオウ、タジフが激突した。

「ルあッ!!」

信が剣を振るう。上段からの一撃で一人、返す刃でもう一人。さらに横に薙《な》いで、もう一人。

一瞬で三人の敵兵士を叩き斬った。

信の隣でタジフが巨大な石斧を振るう。一振りで二人。二振りで四人。まとめて敵兵士が吹っ飛ぶ。

「ξγζδ!!」

タジフが信に顔を向け、大声を上げた。仮面で表情はわからないが、言いたいことは信にはわかった。

「うっせ、数じゃねえ！　見てろ、俺は天下の大将軍になる男だ！」

負けていられない、と信が次々と敵を斬る。

信とタジフの前。十人近い敵兵士が倒れ、敵の隊に隙間《すきま》ができる。

そこにバジオウが滑り込み、さらに数人を切り捨てつつ、奥にいる槍兵たちへと走った。

槍兵が槍をバジオウへと構え直すが、すでに遅い。

「στυ!!」

気合い、一閃《いっせん》。槍兵を一人残さずバジオウが斬り捨てた。

三倍以上の戦力差をものともせず、信たちは敵の隊を圧倒した。

河了貂が驚きに目を見張る。

「強い！　こいつら、強すぎる!!」

思わず大声を上げた河了貂に、敵兵の注意が向いた。

敵兵が一人、剣を振りかざして河了貂に迫る。

「死ねぇッ!!」

「わ、来たあッ!?」

すんでのところで河了貂は振り下ろされる剣を避け、後じさる。

懐《ふところ》から、刺客《しかく》のムタから奪った毒の吹き矢を取り出そうとした河了貂が、ぐらりと後ろに傾いた。

すぐ後ろの足下。石畳が崩れていて、浅く広い穴が広がっていた。

「わーっ?」

踏みとどまれず、河了貂は背中から穴に転がり込んだ。そのおかげで、再び振るわれた敵兵の剣が空《くう》を切る。

ごろごろと地面を転がる河了貂。追って、穴に飛び込む敵兵。

河了貂は無我夢中で、体勢を立て直しながら吹き矢を放った。

「!」

必然か、偶然か。吹き矢が敵兵の首へと突き刺さる。

「貴様、こ――――ッ」

なにかを言いかける途中で敵兵が白目を剝《む》き、昏倒《こんとう》した。毒が回ったようだ。

「た、倒せた……」

ぱちくりと目を瞬《まばた》かせ、河了貂が手にした吹き矢を見た、その時だった。

「ρδーッ!!」

山の民の戦士の絶叫が響いた。

誰もが動きを止め、悲鳴がしたほうへと目を向ける。

油皿の火が灯っていない、横に通じる真っ暗な地下通路に、巨大な影。

その影の化け物じみた大きさの手が、山の民の戦士の頭を鷲掴《わしづか》みにしている。

握られた頭は仮面が砕け、血が滴っている。仮面ごと頭蓋《ずがい》を握り潰《つぶ》されたようだ。

無造作に、死に絶えた山の民の戦士を横に投げ捨て、それが光の届く場所に出てきた。

著《いちじる》しく均整の崩れた体軀。背は信たちの倍以上。腕や脚、胴の太さは四倍どころではない。

子供がいたずらに作った泥人形のような容姿だが、その全てが筋肉だった。

「ラ、ランカイだ」

敵兵士の誰かが、怯《おび》えきった声で言った。さらに別の敵兵士が呟《つぶや》く。

「……成蟜様の処刑人がなんでここに。まさか俺たちもろとも……?」

名はランカイ、役割は処刑人。それが巨人の素性《すじょう》らしい。

「なんだ、こいつは……!」

こいつはヤバい。

信は直感で理解した。思わず握り直した剣の柄《つか》が滑る。危機感で手汗が噴き出ていた。

「ДДДДДッ!!!!」

意味不明の言葉でランカイが吠《ほ》え、暴れ出す。

敵味方の区別なく、手の届く場所にいる人間を片っ端から殴《なぐ》り飛ばす。

殴り飛ばされた人間は、床に、壁に、天井に叩きつけられ。そして動かなくなる。

処刑人。その名の通りの殺戮《さつりく》が始まった。

敵兵士も味方も狂乱状態に陥《おちい》る。河了貂が傍にいる壁の腕を引っ張った。

「こ、こんなの無理だ！　逃げよう!!」

「逃げるわけにはいかん！　いかんのだ！」

壁は別働隊の隊長だ。是が非でも成蟜を討ち取らねばならない。

別働隊がしくじれば、絶望的な戦力差の中、囮として奮闘している嬴政と昌文君が無駄死にすることになりかねない。

「おう！　逃げるのは、ねえッ!!」

恐慌した兵士たちが右往左往《うおうさおう》する間をすり抜け、信はランカイの背後へと近づいた。

筋肉の盛り上がった頸筋《くびすじ》めがけ、飛び上がって剣を振り下ろす。

「りゃあああッ!!」

異様に硬い手応《てごた》え。まるで岩でも打ったかのように手がしびれ、剣が弾《はじ》かれる。

「𠘨！」

ランカイが蠅でも追い払うように背後へと平手を振り回した。

山の民の頭を握り潰した、血まみれの巨大な手が、信を吹っ飛ばす。

だんっと信は背中から壁に打ち付けられた。

「かはッ」

息が詰まり、一瞬、目の前が暗くなる。

全身に広がるしびれ。致命傷ではないが、追撃を受けたら防御すらままならない状況だ。

――ヤバい。ヤバいヤバいヤバい！

意識だけは明瞭《めいりょう》だ。ランカイが振り向く。獲物として自分に狙《ねら》いを付けたと信は感じた。

血の滴る拳を固めたランカイが、近づいてくる。

――動け、動け動け！　クソ、まだ身体が動かねえッ！

時間にすれば数秒も経《た》っていない。だが信には、迫り来る確実な死を前に、恐ろしく長い時間に感じられた。

「ДД!!」

「信ーッ!!」

ランカイが拳を振り上げ、河了貂が悲痛な叫びを上げた。

――漂《ひょう》！　政！　俺は！　こんなところで死ねねえッ!!

しかし身体は動かない。だが目には断固たる意志の輝きがある。

次の瞬間、頭を打ち砕くだろうランカイの拳を信は睨《にら》みつけた。

「οξρーッ!!」

タジフが信の正面に駆け込み、石斧を両手で構えた。

石斧が、ランカイの拳を受け止める。

「μνστ！」

その隙にバジオウが、信を横から突き飛ばした。

石畳に転がる信。ようやく身体のしびれが収まり、ふらつきながらも立ち上がる。

同時に、タジフの石斧がランカイの拳に弾かれた。山の民の戦士随一《ずいいち》と言えるほどの膂力《りょりょく》を誇るタジフでも、怪物ランカイの力には及ばなかったのだ。

殴り飛ばされるタジフ。入れ替わるようにバジオウがランカイへと迫る。

ランカイが振り回す拳をかいくぐり、バジオウがランカイの背後に回り込み、跳ぶ。

天井近くまで跳ねたバジオウが、手にした剣をランカイの首近くの肩へと突き立てる。

並の人間ならば剣は深々と突き刺さり、確実に致命傷になる。

だがランカイに突き立てた剣は、拳一つ分ほどしか刃が入らず、止まってしまった。

ランカイの筋肉が、まるで鎧《よろい》のように強固に刃を阻んだのだ。

にい、とランカイは黄色い乱ぐい歯を剥き出しにして嗤《わら》うと、突き立てた剣をまだ手放していないバジオウの首を掴んだ。

ランカイがそのままバジオウを壁へと叩きつけ、さらにもう片方の手でバジオウの顔を殴りつける。

バジオウの仮面の下半分が砕け、その口元が露《あらわ》になった。

「οσυッ!!　ガアアアアッ!!」

バジオウが吠え、首を掴まれた不自由な姿勢のままで膝《ひざ》をランカイの顎《あご》に叩き込んだ。

ぐしゃりとランカイの顎がひしゃげる。痛みのあまりかランカイがバジオウの首を手放した。

「ガウアッ!!」

バジオウがまるで狼のようにランカイの首へと食らいつく。食い千切らんとばかりに噛みついたまま激しく首を振る。

「𠀋𠀋𠀋𠀋𠀋𠀋𠀋𠀋!!」

ランカイが強引にバジオウを自分から引きはがした。

ぶちぶちとランカイの首の肉が引き千切れ、血がしぶく。

「𠀋ッ!!」

ランカイがバジオウを強烈な勢いで投げた。壁に叩きつけられたバジオウが、そのまま石畳に突っ伏し、動かなくなる。

止《とど》めを刺す気か、ランカイがバジオウへと向かった。

ランカイはよほど怒っているのか、肩に突き刺さったままのバジオウの剣を抜きもせず、伏したままのバジオウの背を、踏みつけようと脚を上げる。

河了貂が絶叫する。

「バジオウ!　逃げてぇッ!」

だがバジオウは反応しない。意識が飛んでいるようだ。

信はまだしびれの残る身体で傍《かたわ》らに落としていた剣を拾い、ランカイへと走った。

「クソがあぁッ!!」

無防備なランカイの背を、一度、二度と切りつける。だが分厚い筋肉が剣を弾く。

「ΠΠ！」

ランカイが再び、蝿を払うように背後に腕を振るった。

「！」

信は自《みずか》ら背後に跳ぶ。完全にはランカイの腕を避けられず、吹き飛ばされて転倒する。

バジオウに止めを刺すのを邪魔されたことが、ランカイはかなり不快だったらしい。

憤怒《ふんぬ》の表情でランカイが身を翻《ひるがえ》し、信に向かおうとする。

今度こそ、この煩《うるさ》い蝿を踏み潰してやる。

そんな意志を信はランカイの目から感じ取った。

「やれるモンならやってみやがれ、この化けモンがッ！」

信の挑発にランカイの怒りがますます加熱する。もはや信しか見ていない。

その隙を、タジフともう一人の山の民の戦士が突く。

ランカイの右脚にタジフ、左脚にもう一人が組み付き、ランカイの動きを抑えた。

勝機。

「ルあああああッ!!」

信は駆け、跳んだ。天井すれすれで回転し、両足を揃えてランカイの顔にぶち込む。

全身を使った常識外れの跳び蹴りに、ランカイが仰向けに倒れ込む。

「殺《と》ったあッ!!」

蹴りの勢いそのままに、信は倒れたランカイの首にまたがった。

ランカイが手足をじたばたと動かして抵抗する。強烈な力だ。弾き飛ばされそうになるが、信とタジフ、もう一人の山の民が必死になって押さえ込む。

ランカイの抵抗がわずかに緩《ゆる》んだ一瞬の隙を突き、信が剣を振るった。

バジオウが嚙み千切った首の傷から刃《やいば》を走らせ、首を深く掻《か》っ捌《さば》く。

確実に頸動脈《けいどうみゃく》を裂く一撃だ。傷口から盛大に血が噴き上がる。

「〜〜〜〜〜ッ!!」

ランカイが声にならない悲鳴を上げた。

すぐにランカイの抵抗が弱くなり、そして動かなくなった。

死んでいるのか、まだ息があるのか。いずれにしても大量出血で確実に意識はない。

「見たか、この野郎」

信はランカイの肩からバジオウの剣を抜くと、立ち上がって振り返った。

意識を取り戻したか、バジオウが身を起こすところだった。

ぽいっと信はバジオウへと剣を放った。バジオウが宙で剣の柄を摑む。

「ρηζδ」

バジオウがなにか言ったが、信には意味がわからない。

に、と笑んでみせただけだ。

一連の戦いに、河了貂が目を瞬《しばたた》かせる。

「……倒しちゃった」

「凄いな、彼らは」

壁も感心を隠さず呆けたような顔だ。だがそれも一瞬で、すぐに状況を確かめる。

死屍累々《ししるいるい》とは、まさにこの光景。

最初の隊同士の激突よりも、ランカイの乱入による被害のほうが凄《すさ》まじかった。

敵の兵士の大半は屍体《したい》。生きていてもかなりの深手で、すでに戦えるような状態ではない。隊としては全滅の状態だ。

味方のほうが被害が少ない。それでも、すぐに動けそうなのは信とバジオウ、タジフの三人と壁、河了貂。あと山の民の戦士が一人のみだ。

戦力は半減したが、ここで立ち止まるわけにはいかない。

たとえ一人になったとしても、成蟜を必ず討ち取らなければならないのだ。

信たちは頷《うなず》き合うと王宮本殿を目指し、再び走り出した。


「――……ッ!!」

嬴政《えいせい》は無言で、眼前の敵兵士を斬り捨てた。背後に気配を感じ、己の脇から剣を後ろに突き出す。

「がッ!」

嬴政の背を狙っていた敵兵士の胸に剣が突き刺さり、その敵兵士が絶命し、後ろに倒れた。

息つく間もなく別の殺意を感じ、勘だけで剣を横薙《よこな》ぎに振るう。

「!!」

「ぎゃあっ」

嬴政の剣が敵兵士の胴を深々と切り裂いた。即死ではないが、二歩三歩と敵兵士は斜めに嬴政から離れ、倒れ伏す。

立て続けに三人の敵兵士を嬴政は屠《ほふ》ったが、息をつく暇《ひま》さえない。

次々と敵兵士が襲いかかってくる。

当然だ。嬴政は、この戦場の要《かなめ》。嬴政の死はすなわち、戦《いくさ》の終わり。

そして嬴政を討ち取ることが、この戦場で得られる最大の武勲《ぶくん》である。

敵の誰もが、嬴政の首を欲《ほっ》しているのだ。

対し、嬴政のすることは一つ。

襲い来るものは、全て斬り捨てるのみ。

生き残る。それこそが今、嬴政にできる最大限の抵抗だ。

髪を振り乱し、返り血に頬を汚し。肩で息をしている嬴政の足が時折ふらつく。

いつ倒れ込んでもおかしくない有様だが、それでも眼光は鋭い。

視線を受けただけで、足が止まる敵兵士がいるほどだ。

嬴政の眼力が、敵をわずかに怯《ひる》ませる。包囲の輪が緩んだところに、昌文君《しょうぶんくん》が駆けてきた。

昌文君もまた、見るからに疲労の色が濃い。

「大王様、お怪我《けが》は！」

「大事ない。お前は？」

「は！　まだまだこれからでございます！」

昌文君の言葉は明白な強がりだが、虚勢すら張れない状態よりははるかに好ましい。

嬴政はわずかながら精神的に余裕ができた。改めて戦場を見渡す。

敵と味方、共に立っている兵士のほうが、倒れ伏した兵士よりも少ないくらいに見える。

だが依然《いぜん》、敵兵士のほうが数は多い――

だが嬴政の隊は屈強な山の民の戦士が多い。今の状況であれば互角以上に戦えるはず。

――絶望するなど、まだ早い。

――だが、信よ。急げ。

未《いま》だに騒動が起こらない王宮の本殿を、嬴政が見やった時だった。

「無駄なあがきは、そこまでだ！」

本殿に通じる横幅の広い階段に、肆氏《しし》の姿。その背後から魏興《ぎこう》が現れ、さらに続々と敵兵士が隊列を組む。態勢を立て直した、敵の援軍だ。

戦場の広場に初めからいた敵兵士よりも、援軍の数は多い。

昌文君の兵士たちが膝をつく。心が折れたかのようだ。

「……そ、そんな」「もう、駄目だ……」「あんな数――」「もたせられるものか」

山の民の戦士たちも動揺しているようだ。誰もが楊端和《ようたんわ》の顔色を窺《うかが》っている。

楊端和は、ただ無言。現れた敵の隊を涼しげな目で見据えるのみ。

「――大王様」

と昌文君。その目には光も力もない。絶望を感じていると嬴政にはわかった。

――どうする。

――いや。どうするもなにもない。決まっている。

「逆賊、嬴政の首を取れッ!!」

肆氏の号令で、敵兵士の先陣三人が嬴政へと駆け出した。

「お覚悟!!」「その首、もらい受けまする!」「手柄を我に!!」

――勝手なことを。

「抜かすな!!」

嬴政は一歩も下がらず、誰の背にも隠れず、迎え撃つ。

打ち下ろしで一人、返す刃でもう一人。身を翻して横に薙ぎ、もう一人。

三人を斬り捨て、大きく息を吸った。その全てを吐き出すように、高らかに叫ぶ。

「皆、戦意を断つな！　勝利は目前だ！　別働隊は必ず成蟜《せいきょう》と竭《けつ》、首領二人を討つ！　我々は耐えしのげばいいッ!!」

その姿に、昌文君の目に光と力が戻る。

「……大王様！」

「剣が折れても！　腕を失くしても！　血を流し尽くしても！　耐えしのげッ!!　耐えしのげ

ば、俺たちの勝ちだッ!!!!」

嬴政は、敵兵士の血で濡れた剣を天を衝《つ》くように高く掲《かか》げた。

膝をついていた昌文君の兵士たちが、顔を上げて立ち上がる。

「そうだ」「勝てる」「まだ負けてない」「耐えれば、勝てるんだ」

兵士たちに戦意が戻っていく。山の民の戦士たちにも伝わったようだ。

「ウオオオオオオオッ!!」

昌文君の兵士と山の民の戦士たちが、一斉に雄叫《おたけ》びを上げる。

その様子に、楊端和が微笑を浮かべた。

ふふ、と短く笑うと楊端和が駆け出す。前方、階段上に並んだ敵の隊へと。

「来たぞ!」「迎え撃て!!」

増援の敵兵士は剣士ばかりだ。矢は飛んでこない――

そう判断したか、楊端和が跳んだ。

楊端和が、両手の剣を翼のようにきらめかせ、敵のただ中へと降り立つ。

「こ、こいつ!」「自ら飛び込んで!?」「ええい、仕留《しと》めろ!」

慌てた敵兵士たちが剣を構えたが、遅すぎる。楊端和の双剣で、次々と敵兵士の首が飛ぶ。

「蛮族がッ!! 貴様ら、ここは任す!!」

魏興が吐き捨てるように言い、嬴政を目指して階段を駆け下りる。

「大王! お覚悟を!!」

「……ッ‼」

振り下ろされた魏興の剣を、嬴政は正面から剣で受け止めた。

階段で高い位置にいる魏興のほうが、剣の重さを攻撃に生かせるために有利だ。

打ち下ろしの一撃一撃が、重い。

それでも嬴政は、ただの一歩も下がらず魏興の剣を受け続ける。

耐えしのげば、勝てる。

その己の言葉を正しいと、証明するために。

×　　×　　×

王宮の本殿。玉座の間に、成蟜の高笑いが響く。

「ハーッハッハッハアッ‼　自らから首を差し出しに来おったわ、嬴政の馬鹿が！　終わったぞ！　これでこの国は、俺のものだッ！」

悦に入《い》って上機嫌の、玉座の上の成蟜。その前で、竭氏は文官たちと現状を確認していた。

「嬴政が咸陽に戻ってきたことは、むしろ我々にはありがたい」

と竭氏。文官の一人が大きく頷く。

「誠にございます。嬴政の死さえ公《おおやけ》にできれば、成蟜様は堂々と王位を継げる」

他の文官たちが声を弾《はず》ませる。

「そうなれば、何十万でも軍を興《おこ》せますな！」

「これで、のぼせた呂不韋《りよふい》を一気に殲滅《せんめつ》すればっ」

「ようやく権勢が、名家の我らに戻ってくるっ！」

「そうだ、ようやくだ……ようやく、我らの時代が――」

竭氏がにんまりと笑みを浮かべた、その時。

「ぎゃあっ」「何者――ぐああっ」

玉座の間の扉の外で、衛兵と思《おぼ》しき男の悲鳴が上がった。

直後、扉が乱暴に外から開かれる。

何事だと一斉に文官たちが振り返る。

「終わりだ、悪党どもっ!!」

怒声と共に飛び込んできたのは、信《しん》。

続いて、バジオウ、タジフ、壁《へき》、河了貂《かりようてん》。最後に山の民の戦士が一人、玉座の間に踏み込んだ。

信が手にした剣の切っ先を、玉座へと向ける。

「お前が成蟜か」

信の無礼極まりない態度に、しかし成蟜は眉一つ動かさない。淡々と告げる。

「死罪だ。貴様らのような下等な虫が、王族の私に話しかけた罪で死罪。私と同じ場所で息をしている罪で、死罪だ」

信は玉座に向けた剣を肩に担ぎ、は、と呆《あき》れ顔で笑った。

「死罪死罪って。ま、そんなもんだろうな、普通の王族なんっつーもんはよ？　だがな、政は違うぜ？」

「……その通り。奴は舞妓《まいこ》の子。純血の王族、この国の大王は——私だけだ」

成蟜が、語気を強めることなく、しかし確固たる意志を感じさせる口調で言った。

真実の大王は己のみ。

そう信じることに何ら疑問はないらしい。

そして。秦の大王は誰なのか、信にもすでに疑問はなかった。

「そんなくだらねぇ話、どーでもいい。でもな、お前を見て一つだけはっきりした。この国の大王は、政だ。断じてお前なんかじゃねえ！」

再び信は、剣を玉座に向ける。

「そこに座るべきは、政だ！　さっさと退《ど》きやがれッ!!」

気炎を吐いた信に、敵味方の全員が息を呑んだ。信の意気が場を支配した——

いや。それでも成蟜はまったく動じない。

「出番だ、左慈《さじ》。我が玉座の前を、血で汚すことを許す。虫を潰せ」

玉座の間の床と天井をつなぐ、幾本もの太い柱。その一つの陰から、肩に剣を担いだ男が、のそりと怠《だる》そうに姿を見せた。

「さっきの奴だ！」と河了貂。

地下回廊で信たちを迎え撃った隊を率いていた男だった。

信が壁に問う。

「壁。さっき、あいつのこと将軍て言ったな」

「ああ。左慈はもともと列国に名を轟《とどろ》かせた将軍だった」

緊張した面持《おもも》ちで、壁。河了貂が首を傾《かし》げる。

「将軍て、お前がなりたいって言ってたやつだよな？　将軍って軍を束ねるんだろ？　なんでこんなとこに？」

「左慈は優秀な将軍だった。だが、虐殺が酷《ひど》すぎて追放されたのだ。まさか、成蟜に雇われてたとは……」

壁の言葉に、信の意気がさらに上がる。

信は玉座に向けていた剣を、左慈に向けた。

「そんなクソ野郎なのかよッ！　将軍は、そんなモンじゃねえだろッ!!」

信の態度に、左慈が露骨に不快感を顔に出した。

「あ？　言ってくれんじゃねえか、戦場も知らねえガキが。現実ってモンを教えてやるよ」

左慈が鋭い目で信を睨《ね》めつける。明らかに、信一人を意識している――

その虚をついて、山の民の戦士が揃って動いた。疾風のように信の横を駆け抜け、左慈へと迫る。

「ρζθッ!!」

信たちが名を聞いていない山の民の戦士が、真っ先に左慈へと斬りかかった。

ギンっと鋭い音。打ち下ろしたはずの山の民の戦士の剣が、高く跳ね上がる。

遅れて、バッと大量の血がしぶいた。

相手の攻撃よりも速く、後から振るった左慈の剣が、山の民の戦士を切り裂いた。

斜め下から振り抜かれた剣が、山の民の戦士の剣を弾いたのである。

左慈の剣の速さは、圧倒的だった。

「ηζδ！」「μνσ！」

バジオウとタジフが、致命傷を負った仲間が倒れる前に、左右から左慈に仕掛ける。

「甘《あめ》え」

バジオウの剣を柄の端で、タジフの石斧を剣の刃で、易々と左慈が止めた。さらにまだ倒れない目の前の山の民の戦士を、蹴り飛ばして排除する。

「γηζ！」「θικ！」

バジオウとタジフがさらに剣と石斧を振るう。

左右から嵐のように襲いかかる攻撃の全てを、左慈が剣の刃と柄で捌く。

でたらめな技量だ。技もさることながら、勘が凄い。

ただの一撃も、バジオウとタジフの攻撃は左慈には当たらないのだ。

「うぜえんだよッ!!」

吠え、左慈が横薙ぎに剣を振るった。右と左、バジオウとタジフが一撃で吹っ飛ばされる。

どちらも深々と胸を切られた。その傷のせいか、受け身も取れずに背中から柱に叩きつけられる。さらに頭を打ったか、それとも致命傷になったのか。

バジオウもタジフも、意識を失ったらしく柱に身体を預けてずるずるとへたり込み、動かなくなる。

その光景に、河了貂の顔が青ざめた。

「あ、あんなに強いバジオウたちが……こ、こんな、あっさり……」

左慈の凄まじい強さは信にも当然わかっている。

だが、ここで竦《すく》む理由にはならない。

「行くぜ、クソ野郎!!」

信は真っ正面から左慈に突っ込んだ。

「遊んでやるよ、ガキが！」

信は真上から両手持ちで剣を振り下ろす。

最初に山の民の戦士を斬ったように、左慈が斜め下から剣を振り上げる。

——それは、見た！

信は片手を剣から放し、剣を振り下ろしながらも上体を反らして捻《ひね》る。

左慈の剣が信の胸の皮一枚のみを切り、信の目の前を切っ先が上にすっ飛んでいった。

信の振り下ろした剣が左慈を捕らえる——その刹那《せつな》、左慈が前に踏み込んだ。

刃ではなく剣の柄を握った信の右手を、左慈が左肩で受け止める。

左慈は前に出ることで剣の間合いを殺したのだ。

――やりやがる！

信と左慈が互いに一歩、下がる。そこは再び、剣の間合い。

「ルあッ!!」

「カあッ!!」

小細工抜きでの、剣のぶつけ合い。欠けた刃の破片が宙を舞う。

一合、二合、三合。信と左慈は息を止め、ひたすら剣を叩きつけ合う。

「ぷハッ」

先に息が切れたのは、信だった。その瞬間、今まで以上に重い左慈の一撃が信を襲う。

かろうじて信は剣を両手持ちにして攻撃を受けたが踏ん張れず、後ろに大きく飛ばされた。

「ぐっ」

思わず剣を取り落としそうになる。手が、ビリビリとしびれていた。

「信っ！」

河了貂が心配そうに叫ぶ。そんな河了貂をちらりとも見ずに、信は剣を構え直す。

信の息は荒い。極度の緊張と集中で、一瞬で体力の大半が奪われた。

それほどに左慈との闘いは厳しい。

気圧《けお》されたら最後。斬り捨てられるのは信のほうだ。

「──こんな奴の剣に、負けてたまるか！　うルァあッ!!」

再び信は左慈へと斬りかかる。どれほど剣を弾かれようが、攻撃の手を決して休めない。

その凄まじさは、まさに鬼人の如《ごと》し。

信の剣の速さが限界などないかのように増していく。

わずかばかりに左慈の顔色が変わってきた。

「……」

信の剣を受け流しつつ、左慈がすり足で移動する。

左慈への攻撃に集中している信には、左慈の狙いなど意識にない。

信の背後で、怯《おび》えた男の叫びが上がる。

「こっちに来るなあっ」

「あ!?」

気がつけば信の背後には、文官たちの列があった。

いつの間にか信は、左慈に誘導されていたのだ。

左慈が強烈な一撃を信に叩き込む。

「シャアッ！」

「クソっ」

受け止めきれず、信は剣ごと後ろに弾き飛ばされた。

「ひいっ」「下僕如きが触れるでないっ」「来るなと言っているに！」

信にぶつかられた文官たちが文句をつける。

「俺の――」

せいじゃねえ、と信が言い返す前に、文官の一人が、身体から血を噴き上げて倒れた。

「ちっ」と舌打ちした左慈の剣が、べっとりと血で濡れている。

信の目が驚きに見開かれる。

「てめえ、こいつらは仲間じゃ……」

「……」

無言で左慈が斬りかかってきた。信は文官を押しのけて横に逃げる。

左慈の剣がまたも文官の一人を切り裂く。

「ぎゃあああああっ」

悲鳴を上げた文官を蹴り飛ばし、左慈が信を追う。

酷《ひど》い虐殺のために左慈は将軍の地位を追われたという壁の言葉を、信は思い出した。

左慈の目には、倒すべき相手以外は全て邪魔なものとしか映っていないかのようだ。

文官たちが混乱して逃げ惑う。

「ひいぃぃいいいいっ！」「さ、左慈、乱心したかっ」「死にとうないっ」

左慈が次々と文官たちを斬り捨て、信を追い詰める。

「おらあッ！」

左慈が、斬ったばかりの文官の襟《えり》を片手で摑むと、その文官を信へと叩きつけた。

「!?」

いきなり押しつけられた人間の重さに、信はとっさに堪《こら》えきれず、腰砕けに倒れ込む。

文官の下敷きになり、信は自由を奪われてしまった。

左慈が冷え切った目で信を見下ろす。

「往《ゆ》け」

突き下ろしの構え。左慈は、信にぶつけた文官もろとも串刺しにする気のようだ。

「させぬ！」

壁が駆け出し、背後から左慈を貫《つらぬ》こうと突きを放つ。

即座に左慈が反応した。振り向きざまに、壁へと剣を振り下ろす。

信は間近で肉が断たれる音を聞き、壁の胸から血が噴き上がるのを見た。

「壁！　馬鹿野郎ッ！」

重傷を負いながらも、壁の目は信を見据えていた。

託す。そう壁の唇が動いたように、信には見えた。

「壁ーッ!!」

河了貂の叫びが響く中、壁がどたりと倒れ込んだ。そのまま動かない。

「ちっ」と左慈が舌打ちし、片手で脇腹に触れた。指先にぬるりと血が纏《まと》わり付く。

壁の剣が、わずかにだが左慈の身体を捉えていたようだ。

己の血を、べろりと左慈が舐め取る。

「身の程知らずの雑魚《ざこ》のくせに、やってくれたじゃねえか」

ぶんっと左慈が剣を振り、刃についた血を飛ばして信へと向き直る。

「順番が変わったが、どうせ最後は同じだ。お前もとっとと――」

「だあああァッ!! よくも壁をッ!!」

信の怒りが爆発する。のし掛かっていた文官を押しのけ、拾い直した剣を左慈に叩きつける。

技もなにもない、無様とさえ言える一撃だ。左慈には受け止めることなど造作もない。

だが、信の剣を受け止めた左慈の表情が変わる。顔に張り付いていた退屈が失せ、目には驚きの色。

「おおおおッ!!」

力任せに信が剣を押し込む。わずかながらに左慈の剣が押される。

「てめえ……!」

左慈の表情が怒りに変わった。力任せに信の剣を弾き飛ばし、攻めに転じる。

でたらめなほどに速く重い連続斬撃。信は防御に徹するが、全ての斬撃を受け止めることなどできず、腕に脚に肩に脇に、傷が次々と増えていく。

「どうした、ガキ!! 将軍になるんだろ!? あ!?」

「それが! どうしたッ!!」

嵐のような左慈の斬撃の中で信は怒鳴り返したが、目が虚《うつ》ろになりかけている。

ここまでの緊張と疲労が一気に、精神と身体の両方に重くのし掛かってきたらしい。

増え続ける傷の痛みでどうにか意識をつなぎ止めているような状態だ。

「夢見てんじゃねえよ、ガキッ!!」

左慈が怒鳴り、斬撃から強烈な前蹴りを信に叩き込む。

「ぐうッ！」

吹っ飛ばされ、信は背中から床に叩きつけられた。

二度三度と跳ねて壁際《かべぎわ》まで飛ばされ、剣を握ったまま仰向《あおむ》けに倒れ込む。

気を失ったか、動かない。

「信ーッ!!」

河了貂の叫びにも信は反応しない——


信はこの時、夢と現《うつつ》の狭間《はざま》にいた。

現実なのは、動かない身体。全身の痛み。どこかで誰かが叫んでいるらしいが耳鳴りが酷《ひど》くて何も聞き取れない。

夢なのは、ここにいるはずのない友の姿。

笑顔の漂《ひょう》が、手を差し伸べていた。

「信。俺とお前は一心同体だ。俺を天下に、連れていってくれるんだろう?」

漂と二人、身分にふさわしくない大きな夢を抱き、何年が過ぎたのか。

まだ夢は叶《かな》っていない。叶えるための出発点に立ってすら、いない。

信は漂の手を握り返そうと伸ばしかけた手を止めた。

これは幻だ。今、信が成すべきことは友の手を取ることではない。


——そうだな、漂。こんなところで死んでる場合じゃねえ。


信の意識が、現に戻る。

信のまなじりから一筋だけ涙がこぼれ、剣を握ったままの指先が、ぴくりと動いた。

全身を震わせながら身を起こし、剣を杖代《つえ》わりにして、信が立ち上がる。

「信！」

半泣きの河了貂が名を呼んだが、応える余裕など信にはない。

そんな余力があるのなら、夢に立ちふさがるクソ野郎を斬るのに使うべきだ。

ぐらりと上半身を揺らしながら、信は片手で剣を掲げた。切っ先を左慈へと向ける。

「おっさんよ。夢見て、なにが悪《わり》ぃんだよ」

「夢なんざクソだからだよ」

吐き捨てるように、左慈。信には許せる言葉ではない。

「あ？　もっぺん、言ってみろ」

KINGDOM
キングダム

「クソなんだよ、夢なんざ。てめえみたいに甘っちょろい夢を語る奴らを、俺は山ほど見てきたぜ？　どいつもこいつも、おっ死《ち》んだ。戦場に夢なんざ転がってねえんだよ」

呆れたように、そしてどこか疲れたように、左慈は言った。

信は思わず激昂《げっこう》する。

「そいつらと俺は、違う!!」

全身が血にまみれてなお、信は吠えた。傷だらけの身体で剣を引きずり、左慈へと向かう。

「信！」

河了貂の呼び声に、信は応えない。ただ左慈のみを見据えて進む。

「夢を見て、なにが悪い……？」

一歩、また一歩と進む。左慈の表情がかすかに歪《ゆが》む。

「夢があるから、立ち上がれるんだろうが……」

さらに一歩。左慈がわずかに後じさる。

「夢があるから、前に進める……」

信の目に強い輝きが宿った。死にかけた人間がする目ではない。

前進し続けようとする強い意志を持つものの目だ。

一方、左慈の目に浮かぶ色は、理解できぬものへの戸惑《とまど》いと、己の思うとおりにならぬものへの怒り。そして。夢を見ることをやめた、諦観《ていかん》だった。

左慈まであと数歩。信が両手で剣を構える。

「夢があるから、強くなれるんだろうがッ!!」

咆吼《ほうこう》と共に信は左慈へと斬りかかった。

「貴様あッ!!」

左慈が怒気を発し、信を迎え撃つ。

互いの剣をへし折らんばかりの勢いで、信と左慈が剣を叩きつけ合う。

そこにあるのは技でも力でもない。

意地。それだけだ。

剣戟《けんげき》の音が玉座の間に長く響く。

壁にもたれて気を失っていたバジオウ、タジフが意識を取り戻したか、頭を上げた。

自ら流した血にまみれている壁も、身体を起こす。

玉座のすぐ下では竭氏が焦りと怒りで顔を歪め、怯えきった他の文官たちは逃げ出す機会をうかがっているのか、信と左慈の闘いより扉のほうに気を取られている。

玉座の上では、成蟜がつまらなそうな顔をしていた。

左慈が負けるわけがない。

成蟜は、まるで疑っていないようだった。

故に。徐々に左慈が信の剣に押されていくのが理解できないらしい。

「なにをしている、左慈。本気でやれ」

左慈は、ちらりとも成蟜を見ない。見る余裕がないのだが、それも成蟜にはわからない。

「いつまでも遊んでいるな。さっさと片付けろ」

左慈は返事すらしない。一瞬でも気を抜けば信に押し切られるからだが、それも成蟜は気付けない。

成蟜が苛立《いらだ》ち、竭氏を怒鳴りつける。

「どうなっている、竭よ！　こんなものを俺に見せてどうする！」

「せ、成蟜様！　じきに、じきに!!　直《ただ》ちに！」

みっともなく、うろたえる竭氏。文官たちもおろおろとするだけだ。

対し、河了貂は真剣な目で信の闘いを見守っている。胸元で固く握りしめた拳が震えるほどに力を込める。

バジオウ、タジフの表情は仮面でわからない。だが、一瞬たりとも信から目を逸《そ》らしていないのは、微動だにしないことでわかる。

顔しか上げられない壁もまた、信を見守っていた。

信の仲間は誰もが、信の勝利を信じている。

「ルああッ!!」

「かああッ!!」

信と左慈、互いに渾身《こんしん》の一撃を放ち、互いに大きく弾き飛ばされる。

左慈が一瞬早く着地し、床を蹴った。

「終わりだッ!!」

信が着地する瞬間を狙って左慈が剣を振るう。

「!?」

剣が信の身体をすり抜けた――いや。すでにそこに信の姿はなかった。

着地と同時に跳んだ信が、宙で身を翻す。

「夢が、あるから」

言葉と共に、信の剣が降る。

その動きは、たった一人での修練の日々の中で、岩を割った時と同じ。

信の全体重が乗った剣の切っ先が、左慈の首の左横に突き刺さり、刃が深々と沈み込む。

刃が確実に、左慈の心の臓を貫く。

「るアッ！」

左慈の肩を蹴って剣を抜きつつ、信は再び跳んだ。

床に降り立つ信。振り返る左慈。

剣を構え直そうとする左慈の口から、大量の血が溢《あふ》れた。

かはっと一つ息と血を吐き、左慈がゆっくりと倒れ込む。

絶命した左慈は、信じられないものでも見たかのように目を見開いていた。

肩で息をしながら、信は剣を真上に掲げた。

「……俺は絶対、天下の大将軍になるからなッ！」

河了貂が顔を輝かせ、両手を広げて上に伸ばし、その場で跳ねる。

「やったッ!!」

壁が重たげに身体を起こし、その場に座り直した。

「信……よく、やってくれた」

バジオウとタジフがゆっくりと立ち上がり、信へと向かう。

信は掲げていた剣を下ろし、ぐるりと文官たちを見回した。

「ひ、ひいっ」「こんなところにはもう居られぬっ」「命あってのことっ」

文官たちが震え上がり、一斉に扉へと走り出す。

一般の文官のみならず、重責を負うべき竭氏までもが逃げ出そうとした。

玉座の上。座っていた成蟜が立ち上がって怒りを露にする。

「貴様ら、どこに行くッ!!　逃げる奴は全員、死罪だッ!!」

一般の文官が開けっ放しの扉から雪崩を打って逃げていく最中、竭氏だけはその場に足を止めた。

信とバジオウ、タジフはゆっくりと玉座に向かって歩き出す。

成蟜の顔に不快感がありありと浮かんだ。

「貴様ら。下民の分際で、王族である私に近づくな。竭氏、なんとかしろ」

留《とど》まったとしても竭氏にできることなどろくにない。せいぜい成蟜の盾になる程度だが、その覚悟が竭氏にあるかどうか、怪《あや》しい。

竭氏を無視し、信たちは歩き続ける。

「自分じゃなにもできねえのか？　哀《あわ》れなヤツだな」

信が剣を握り直した。その目には、断固たる意志が宿っている。

斬る。

言われなくても成蟜にはわかったようだ。成蟜が声を震わせて怒鳴る。

「この私を斬るなど、許されると思っているのかッ！」

「もちろん。戦争だからな」

淡々と、信。成蟜の顔が一瞬で青ざめた。

「ひ……」

「しかも。この戦争は、お前が始めたことだ！」

信は玉座の真下に来た。成蟜までは、数段の階段があるのみだ。

一足飛びに駆け上がれば、斬り捨てるのなど一瞬のこと。

成蟜が竭氏に再び大声で命ずる。

「竭氏！　おい！　なんとかしろと言っているッ！」

「……っ！」

竭氏がついに成蟜を見捨てたか、先に逃げ出した。

河了貂が、梟《ふくろう》の被り物の懐から、さっとなにかを取り出す。

ムタという刺客《しかく》から奪った、あの毒の吹き矢だ。

「逃がすか！」

フッと河了貂が吹き矢を放つ。毒の塗られた吹き矢が竭氏の片眼に突き刺さる。

「ぐわあっ！」

竭氏が片眼を押さえながらも、河了貂へと満面を怒りに染めて詰め寄った。

「貴様あッ！　わしは、大秦国《だいしんこく》の竭丞相《じょうしょう》なるぞ！」

竭氏がどこに隠し持っていたのか、小刀を取り出すと河了貂の腹に突き刺す。

「うッ!?」

うめき、河了貂が腹を抱えて倒れ込む。

竭氏が止めを刺そうと小刀を逆手に持って振り上げる。

「テン！」「てめえっ！」

壁と信の叫びが重なった、その瞬間。無言でバジオウとタジフが竭氏の背へと迫り、ほぼ同時に竭氏を切りつけた。

「ば……」

竭氏が振り向く途中で事切れ、倒れ伏す。

「！」

成蟜がその隙を突き、狩人から逃げる兎《うさぎ》のような素早さで玉座から駆け下り、玉座の間から逃げ去っていった。

信は逃げる成蟜の背と倒れた河了貂を見比べ、河了貂に駆け寄って抱き起こした。

「おい、しっかりしろ！　傷は浅い——は？」

傷の状態を見ようと河了貂の被り物をめくりあげた信は、あんぐりと口を開けた。

傷などない。そこにあったのは丈夫そうな鎖帷子《くさりかたびら》だった。

にんまりと河了貂が笑う。

「言ったろ？　これは、俺の戦闘服だって」

「ったく、大した奴だぜ。じゃあ急ごうぜ、政が待ってるからな!!」

信は乱暴に河了貂を立たせると、先頭に立って走り出した。

左慈との闘いで満身創痍《まんしんそうい》だが、信は痛みなどすでに忘れていた。

頭には、待たせている友のことしかなかった。

終章

夢を追う者たちの路

「長引けば苦しむだけですぞ！」

敵将、魏興《ぎこう》が振り下ろす剣を、嬴政《えいせい》はかろうじて受け止める。

「必ず終わる苦しみだ！　俺は待つッ！」

嬴政は剣を跳ね上げ、魏興の剣を弾《はじ》いた。その勢いで斬《き》りかかり、攻守が入れ替わる。

「一体なにを待っているというのです！」

「すぐにわかるッ！」

剣を押し合う嬴政に、肆氏《しし》が剣を抜き忍び寄る。それに気付くものはいない。

王宮の本殿前、広場での闘いは泥沼の様相を見せていた。

敵の増援が何故《なぜ》か途絶えているが、嬴政の兵士たちもすでにほとんどが消耗《しょうもう》し、昌文君《しょうぶんくん》も剣を振るってはいるものの、目からは力が失われ、いつ倒れてもおかしくない状況だ。

山の民《たみ》の戦士も同様だ。楊端和《ようたんわ》が一人、未《いま》だに気を吐き双剣を振るっているが、顔に浮かぶ疲労の色は濃い。

堪《た》え忍べば、勝てる。嬴政はそう兵士たちを鼓舞《こぶ》した。

しかし、耐え続けるのにも限界がある。

長引けば、苦しむのみ。

その魏興の言葉は、嘘ではない。耐えれば耐えるほど、苦しみは続くのだ。

嬴政の剣の勢いがわずかに魏興を上回り、魏興が腰砕けに膝《ひざ》をつく。

止《とど》め、と嬴政が剣を振り上げた。その背に、文官ながら自《みずか》ら剣を手に取った肆氏が、斬りかかろうとする。

「楽にして差し上げます、嬴政様！」

ハッとして嬴政が振り返った。

その時だった。

肆氏が動きを止めた。その目が見ているのは嬴政ではない。

嬴政の肩の向こう、王宮の本殿へと通じる階段の上。

呆然《ぼうぜん》と肆氏が呟《つぶや》く。

「……大王様……何故《なにゆえ》、こんなところに、お一人で……」

嬴政が、肆氏の視線の先へと顔を向ける。

そこには顔を青ざめさせた、成蟜《せいきょう》の姿があった。

「肆氏よ。竭《けつ》は死んだぞ。お前がなんとかしろ」

「………なんです、と………？」

肆氏が愕然《がくぜん》とする。その手から剣が落ち、からんと乾いた音を立てた。

「成蟜様……それは、真でありますか……」

魏興の顔からも表情が消える。

成蟜の出現で、戦場が一瞬にして静寂《せいじゃく》に包まれた。

故《ゆえ》に。成蟜を追って現れたその男の声は、誰にも聞こえるほどに響く。

「待たせたな、政！」

全身血まみれ、満身創痍《まんしんそうい》の信《しん》だった。その後ろに河了貂《かりょうてん》、バジオウとタジフに肩を借りている壁《へき》の姿もある。

政の顔に、晴れ晴れとした笑みが浮かんだ。

「……待ちわびたぞ」

「悪《わり》い。ちょいと遅くなったか？」

「いや。悪くない頃合いだ」

軽口をたたき合う信と嬴政。戦《いくさ》のただ中とは思えぬ穏やかな表情だ。

対し、成蟜が頬を引きつらせ、恐慌状態に陥《おちい》ったかのようにわめき立てる。

「誰か！　殺せ、こいつを、こいつらを殺せ!!　いかなる褒美《ほうび》も与えるぞッ!!」

成蟜の命令が広間に響き渡るが、誰も動かない。ただ残響となるのみ。

政が剣を握り直し、成蟜の正面に立つ。

「……この戦。元は、俺とお前の兄弟喧嘩だ。俺とお前で決着《ケリ》をつけよう」

成蟜が怒りに顔を歪《ゆが》め、腰に差していた剣を抜いた。

「兄弟だとッ？　庶民《しょみん》の血を引く貴様が、私の兄弟なわけがないだろうッ!!」

剣を振りかざし、成蟜が嬴政に斬りかかる。その動きはぎこちない。

剣の鍛錬などろくにしたことがないとわかる稚拙《ちせつ》さだ。

「……」

嬴政は半身になるだけで、成蟜の剣を易々とかわした。

剣の重さに振り回されている成蟜の腕を、嬴政が斬る。

さほど深い傷ではない。明らかに手加減した一振りだったが、成蟜の顔が苦悶に染まる。

「はぁああっ⁉」

成蟜が剣を手放し、傷から流れる血を手で押さえてわめき散らす。

「血が！　私の血がぁ！　王の血が！　王の血があぁっ！」

嬴政が冷徹に告げる。

「血が、どうした？　これまで大勢が血を流して死んだんだぞ？　わかってるのか、お前」

「貴様あっ！　私にこんなことをして、ただで済むと思って――」

「……！」

嬴政は傍《かたわ》らに剣を捨てると拳を固め、成蟜の顔を殴《なぐ》りつけた。

「――成蟜。お前は、人の痛みを知るべきだ」

「ひいぃっ」

うろたえる成蟜を嬴政は押し倒し、馬乗りになった。そして無言で、成蟜の顔を殴り始める。

「――がっ！　ぎいっ！　ぎゃあっ！　ぶへっ！　ぐふっ！」

一発一発、嬴政の拳を顔に受ける度に、成蟜が無様に悲鳴を上げる。

その嬴政の行いを、誰も止めない。咎《とが》めない。成蟜に従っていた、肆氏と魏興さえも。

やがて成蟜は気を失い、悲鳴すら上げなくなった。

振り上げた嬴政の拳が、行き場を失う。

「大王様」と、嬴政が成蟜を殴っていた間に傍《そば》に来ていた昌文君が呼んだ。

その辺りでよろしいでしょう。そう昌文君は口にしなかったが、言われなくても嬴政には伝わったようだ。

嬴政が成蟜から離れ、立ち上がる。

「勝敗が決した今、成蟜には殺す値打ちもない。これで終わりだ」

嬴政の勝利は誰の目にも明らかだ。ここで異を唱えるものなどいるはずもない。

だが、それでも魏興が声を上げる。

「終わりなものか！　勝手に決めるな!!」

魏興が剣を手に、己《おのれ》の兵士たちに訴える。

「皆の者！　このままでは反逆罪で我らは斬首だ！　嬴政一派を皆殺しにしなければ、我らに生き残る道はないッ！」

静まっていた戦場が、にわかにざわついた。

「……そうだ」「負けたら終わりだ」「斬首は嫌だ」「家族がいる」

敵兵士たちに戦意が蘇《よみがえ》る。数では敵兵士のほうが味方よりも圧倒的に多い。

信が嬴政に駆け寄り、剣を構える。

「……くそ。まずいぞ」

「……」

嬴政は無言。剣を構えることなく、どこか遠くを見て耳を澄ましている。

「――政？」

信が嬴政の態度に疑問を覚えた、その時。大勢の足音が聞こえてきた。

開けっ放しの広場の門から、軍勢が雪崩《なだ》れ込んでくる。

圧倒的な数の兵士が、あっという間に敵味方の区別なく、その場の兵士たちを取り囲んだ。

「な、なんだ、いったいっ？」

驚きうろたえる河了貂。信も、何事だときょろきょろする。

しかし嬴政は、落ち着き払っていた。誰かを待つように、じっとしている。

嬴政たちを囲む謎の軍の包囲が、嬴政の正面で割れた。

そして、その者が現れる。

胴に金属の甲冑《かっちゅう》。剝《む》き出しの腕に盛り上がる筋肉。綺麗に手入れされた顎鬚《あごひげ》。

その偉丈夫《いじょうふ》が、並の男よりは重いだろう長大な矛《ほこ》を片手で軽々と担《かつ》ぎ、悠然と歩を進める。

男の姿に、昌文君が声を上げる。

「王騎《おうき》ッ!?」

大将軍、王騎。その姿を目にしたものの多くが圧倒され、一歩下がる。

王騎の前の道が、いっそう広く開かれた。

堂々と王騎が嬴政へと向かう。

信は王騎の姿に、かつて奴隷商人の馬車から見た大将軍の姿を重ね、そして気付いた。

あの日。憧《あこが》れた大将軍その人だと。

「……天下の、大将軍……」

あの日と同じ輝く瞳に、信は王騎を映した。

肆氏と魏興が、王騎に近寄って問い、訴える。

「王騎将軍、どういうおつもりか？　今さら、一体なにをしに？」と肆氏。

「今こそ共に、嬴政の首を取りましょうぞ！」と、魏興。

王騎は、ちらりとも肆氏と魏興を見ない。わずかに微笑みを浮かべたまま、まっすぐと嬴政を見据え、歩み寄る。

「！」

信は剣を構えて嬴政の前に回り込んだ。昌文君も信に並び、警戒する。

場が再び静まり返った。緊迫感が満ちていく。

「止まれ、王騎！」

昌文君の呼びかけで王騎が足を止めた。微笑んだまま、昌文君に応じる。

「何用ですか、昌文君。お望みとあらば、あの夜の続きをしてあげてもよいのですよ」

あの夜。昌文君の隊が、王騎の軍に追撃され、敗走した夜のことだ。

「……！」

昌文君の頬に汗が垂れた。手にした剣が震えているのは疲労のせいか、それとも緊張か。

「よい。下がれ、昌文君。信もだ」

「ですが、大王様」

渋る昌文君の肩を、信は軽く押した。

「政がいいって言ってんだ。ここは任せようぜ」

「むう」

渋々と、だがどこか安堵《あんど》した顔で昌文君が下がった。

信も王騎に道を譲る。だがいつでも斬りかかれるよう、剣を握る手だけは緩《ゆる》めない。

さて、と嬴政が改めて口を開く。

「王騎将軍、お前に聞きたいことがある」

「何なりと」

微笑みをわずかにも崩さず、王騎。一方、嬴政の顔には緊張が窺《うかが》える。

「かつて天下に名を轟《とどろ》かせた大将軍のお前が、何故《なにゆえ》、此度《こたび》の内乱に首を突っ込んできた？　それも、今になって」

「くだらないからです」

王騎が即答した。国を揺るがす権力闘争を、くだらない、の一言で切って捨てた王騎に、信が目を見開いた。信には王騎のその姿が、実物以上に大きく見える。

「よいですか、大王。戦とは、国の中でするものではありません。中華でするものです」

中華。七つの大国が覇を競っている世界のことだ。

王騎の言葉に、嬴政は無言で返す。それは肯定《こうてい》という意志に他ならない。

ふむ、と品定めするように王騎が嬴政を見る。

「では、嬴政殿。私からも一つ、お聞きしたい」

「なにをだ」

「夢の話です」

「……」

再び、無言の嬴政。王騎が質問を続ける。

「貴方様《あなた》は玉座《ぎょくざ》を取り戻した後《のち》。なにをしたいのですか？」

「……」

嬴政は無言のまま。じっと王騎の言葉を待つ。

「貴方様は一体どのような王を目指しているのですか？　じっくりお考えください。誰が相手であろうと、不遜《ふそん》な答えをこの矛は許しませんよ」

王騎が矛を立て、石突《いしづき》で床を突いた。たったそれだけの行動に、多くのものが震え上がる。

昌文君が、わなわなと肩を震わせた。

「貴様……無礼にもほどがあるぞ」

ちらりと王騎が昌文君を見た。その表情は微笑みのままだ。昌文君の言葉などまったく意に介さないという様子である。

嬴政が下手《へた》なことを言えば、この場で王騎に討たれる。

この大将軍ならば、やる。疑うものなど誰もいない。

いっそう、場を支配する緊迫感が増す。

そんな中。まったく臆することなく、嬴政が口を開く。

「無論。俺が目指すのは、中華だ」

嬴政に目を戻した王騎の顎髭が、ぴくりとわずかに震えた。微笑みはそのままだが、目には興味と思《おぼ》しき感情が浮かぶ。

「……」無言の王騎。今度は王騎が、嬴政の言葉を待っている。

嬴政が場の全員に聞こえるようにか、声を少し大きくする。

「その路《みち》への一歩として。同じ夢を心に宿す山の王と。俺は手を結んだ」

離れた場所に立っている楊端和の口元に、薄く笑みが浮かぶ。

一瞬だけ、王騎が楊端和に目を向け、嬴政に戻す。

「――と、言いますと？」

わずかな躊躇《ためら》いもなく、嬴政が言い放つ。

「俺の目指すのは、中華の唯一王《ゆいいつおう》だ」

しん、と辺りが静まり返った。風が戦場をさらい、血臭《けつしゅう》を飛ばす。

敵味方の区別なく、兵士たちがざわつき始めた。

ダン、と王騎が矛の石突で床を叩く。それだけで再び静寂が戻る。

笑みを崩さず、王騎が嬴政に再び問う。

「中華を一つに……我らが秦《しん》を除く六大国のうち、そんな馬鹿げた話を受け入れる国が、一つでもあるとお思いですか？」

嬴政は考えることなく答える。

「受け入れられないなら、力ずくでやるまでだ。戦国の世らしくな」

「……歴史に、暴君として名を刻みますぞ？」

諭《さと》すように、なにかを試すように、王騎。嬴政は即答で返す。

「構わぬ」

「人を生かす王道とは、正反対の路となりますな」

嬴政はわずかに首を横に振った。

「否《いな》、だ。今まで五百年の騒乱が続いたのだ。ならばあと五百年、騒乱の世が続くやもしれん。俺が剣を取るのは、これから五百年の騒乱の犠牲をなくすためだ」

まっすぐな目で、嬴政が告げる。

「俺は。中華を統一する、最初の王となる」

その瞬間。強い風が吹いた。

まるで嬴政自身が放ったかのように、居合わせたものたち全てに風が吹き渡る。

王騎もまた、正面から嬴政を見つめ返す。

「そんな大口を叩くには、それに見合うだけの力をつけて欲しいものですね。弟ごときに手を焼いている場合じゃあ、ありませんよ？」

「……」

嬴政は無言。王騎が、満足げに一つ頷《うなず》いた。

そして王騎が嬴政に背を向ける。

「騰《とう》」

王騎が、離れた場所で控えていた側近の騰に片手を挙げてみせた。

騰がよく響く声で宣言する。

「戦は終結した！　魏興軍は投降せよ！」

「ふざけるなッ！」

即座に怒鳴ったのは、ずっと嬴政と剣を交えていた魏興だ。

「全員、王騎と嬴政を斬れッ!!」

「そうだ！」「かかれッ！」「生かして帰すな!!」

このままでは逆賊として裁かれると、魏興の兵士たちが一斉に動いた。

王騎と、王騎の背後に立つ嬴政を目指し、数十人の敵兵士が殺到する。

「ふ」

短く王騎が笑いをこぼした。長大な矛を右腕一本で高く振りかざす。

轟《ごう》、と風が唸《うな》りを上げた。王騎が矛を横薙《よこな》ぎに振るったのだ。

矛の刃が、宙に銀の弧を描く。

殺到していた敵兵士が全て、その弧によって吹っ飛ばされる。

敵兵士全員が動きを止める。一瞬にして表情から戦意が失せた。

たった一振り。それだけで王騎は、この場を完全に支配した。

「ふふ」

小さく笑い、王騎が矛を立てる。

魏興が絶句し、肆氏が身震いした。

「これが、王騎……か……ッ」

と肆氏。魏興が怒りの矛先を嬴政に向ける。

「嬴政……誰が……誰が、貴様のくだらん戯言《ざれごと》についていくというのだッ!!」

魏興が剣を構え、嬴政へと身を躍《おど》らせる。

「！」

身構える嬴政の前に、ざっと足の裏を鳴らして信が回り込む。

「どけ小僧!!」

「させるか！」

魏興が信へと剣を振り下ろす。力任せの一撃を、信が剣で受け止めた。

バキンと音を立て、折れる魏興の剣。

「なっ!?」

「ルあッ！」

驚愕《きようがく》の魏興。その肩から胸まで、信の剣が斬り裂く。

傷から血を噴き出し、魏興が崩れ落ちた。

もはや息絶えた魏興の横顔に、信は告げる。

「俺が、政についていく」

その信の姿に、幾人かが笑みを浮かべた。

一人は山の王、楊端和。一人は嬴政の腹心、昌文君。

そして大将軍、王騎。

王騎が、笑みを昌文君に向ける。

「ふふ。昌文君、貴方が一人で馬鹿のように熱くなっている理由が少しだけわかりましたよ」

「……」

昌文君は無言で、王騎に礼の姿勢を取った。

王騎が身を翻《ひるがえ》す。

「全軍、撤収です！」

は！　と王騎軍の兵士の声が揃《そろ》った。規律正しい動きで兵士たちが広場を後にしていく。

満足げな顔で、王騎も立ち去ろうとした。

その前に、信が立ちふさがる。

王騎の足が止まった。じっと信の顔を微笑で見つめる。

「……俺の名は、信。覚えておけ。いずれ、天下の大将軍になる男だ」

その信の声を聞きつけた王騎の兵士たちが、嘲《あざけ》るように笑い出した。

「なにを言ってるんだ、あの下僕は」「多少は働いたみたいだが」「王騎様に向かって、よくもまあ」

王騎はただ微笑を浮かべたまま。

「ふふ。また、熱い時代が来ようとしているのかもしれませんねぇ」

王騎が再び歩き出す。視線を逸《そ》らさない信の横を通る時に、小声で告げる。

「童《わらべ》、信。次は、本物の戦場で会いましょう」

「！」

信は振り返り、立ち去る王騎の背を見つめた。その拳が自然と強く固められる。

王騎軍が撤収する最中、嬴政が宣言する。

「これ以上の流血は無用！　成蟜に与《くみ》したものたちよ！　投降すれば、命は俺が王の名において保障する！」

魏興の兵士たちも、肆氏も、無言だ。悔恨の表情を浮かべるもの、絶望に目を伏せるもの、苦悶に顔を歪《ゆが》めるもの。感情はそれぞれだが、皆、敗者の顔をしている。

誰の目にも、戦の勝敗は明らかだった。

信は剣を持った手を、高く突き上げる。

「聞こえなかったのか!?　とっとと武器を捨てて、降服しろ！」

がしゃんがしゃんと、そこかしこで武器を手放す音が連なる。

そして信は、咸陽宮《かんようきゅう》全てに響かんばかりの声で、高らかに告げる。

「この戦ッ!!　俺たちの、勝ちだあぁあああッ!!!!」

「おおおおおおおおおおおおおおおおおおおおおおおおおおッ!!」

昌文君の隊、山の民の戦士たちが勝ちどきの声を上げた。

ここに。成蟜の反乱は、終結した。

王位争いという重大な内乱だったにも拘《かかわ》らず、咸陽の一般の民《たみ》には被害がほとんど及ばなかった。

都市での戦の場合、どさくさに紛《まぎ》れて意識の低い兵士による一般の民からの略奪などが起きるのだが、それが起こらなかったのだ。

戦禍《せんか》が広がらないよう、王騎の軍が戦場となった王宮周辺を完全に包囲したおかげらしい。

成蟜に逆賊として剝奪《はくだつ》された昌文君の領地は、王騎が報賞として一時的に預かったため、一族郎党全て死罪の可能性があった昌文君の家族は無事。領民にも被害はまったくなかった。

全ては、王騎の駒の中。

内乱終結後、事実を知った昌文君の言葉である。

内乱解決に助力をしてくれた山の民たちは、勝利した夜に宴《うたげ》を開いただけで、翌日には咸陽から去って行った。

楊端和は当代の山の王とはいえ、多くの部族からなる山の民の全てを掌握《しょうあく》しているわけではない。

中華統一のため避けては通れぬだろうこれからの戦に備え、より多くの部族をまとめ上げ、その力を強固なものにする。

そう楊端和は嬴政に約束し、来た時と同じく自らが馬群の先頭に立ち、西方の山に還《かえ》った。


信と河了貂は、嬴政に連れられて玉座の間に来た。

玉座の上には、誰もいない。竭氏一派の文官たちの姿もなく、信と左慈《さじ》の激戦による血だまりも、すでに片付けられている。

がらんとした玉座の間。空の玉座を見上げ、信が呟《つぶや》く。

「ようやく取り戻したな」

「ああ」

と、信の隣で嬴政。頷くことなく、信と同じく玉座を見据えている。

「ねー、王様。約束、覚えてる?」

河了貂が満面の笑みを嬴政に向けた。

約束。玉座を奪還したら報酬を支払うという話だ。

嬴政も涼やかな笑みを浮かべた。

「ああ、もちろんだ。テン、よくぞここまで一緒に来てくれた。信、お前もだ」

「やった!」

跳ねて喜ぶ河了貂。信はそれほど喜びを表さない。

表情に出ているのは、むしろ懸念《けねん》の色だった。

「政。お前、こっから先が大変だな」

「楽ではないな。この中華には、秦の他に六つも大国があるからな」

嬴政が遠い目をし、淡々と言った。

信は目を丸くして驚く。

「大国が六つっ？　そんなにあんのかよっ」

嬴政が一歩一歩、確かめるように玉座へと近づく。玉座につながる階段の前で立ち止まり、振り返った。

「俺の路は、まだ始まったばかりだ。信、共に天下に上ろう」

共に。その言葉に、信は思い出す。

一緒に戦場で武功を挙げ、大将軍になろうと誓った友、漂《ひょう》のことを。

政の姿に漂が重なって見える。


もちろん行くんだろう、信？


そんな漂の言葉を、信は聞いた気がした。

「政。俺は、戦場に出る」

「いいのか、信。お前の今回の働きなら、王宮の衛兵くらいにならすぐにでもしてやれるが」

「いいんだよ、政。俺は一つ一つ、戦場で武功を挙げて、将軍に上り詰めるんだからな」

「ああ。天下の大将軍――だったな」

嬴政が信の夢を口にした。

に、と信は笑んでみせる。河了貂もまた笑顔だった。

「そうだ。必ず上り詰めて、お前を中華の唯一王にしてやるよっ」

ふっと嬴政が短く笑った。

「うぬぼれるな」

嬴政と信は笑顔でしばし、視線をかわす。

この先。今は想像すらできない困難が待ち受けているのは間違いない。

それでも、目指す夢のために選んだ路だ。

往《ゆ》くしかないのである。

「やってやろうぜ、政。誰も出来なかった、中華統一」

「……」

嬴政が無言で、玉座へと向き直る。

その嬴政の後ろ姿の向こう。玉座に、いつかの唯一王の姿を信は見た気がした。

始皇帝《しこうてい》。

嬴政がそう呼ばれるのは、これから訪れる動乱の時代の、先である。

終

ノベライズ版　著者あとがき

ある日。集英社の編集氏から一通のメールが届きました。

映画「キングダム」のノベライズをお願いできませんか、と。

一瞬、きょとんとしたことを覚えています。

キングダムって。ヤングジャンプのキングダム？　実写化不可能と言われていたが、ついに来年、実写映画が公開される、あのキングダム？　そのキングダムでした！

私は、連載開始当時からキングダムの読者です。

断る理由など皆無絶無。即決で、こちらこそお願いします、とメールに返信いたしました。

その夜さっそくコミックスを読み返しました。映画の第一作目となる今作は、嬴政《えいせい》が玉座《ぎょくざ》を奪還する五巻の半ばまでと聞きましたが、うっかり既刊全部を読了。

気付けば朝でした、はっはっはっ。熱い男たちの物語は、やはり素晴らしいですね。

とはいえ個人的に好きなのは羌瘣《きょうかい》、河了貂《かりょうてん》、楊端和《ようたんわ》の女性キャラがトップ3だったりします。

特に、羌瘣。たまりません、少女の暗殺者。

羌瘣のエピソードは色々と好きなのですが、特に継承のためのあれこれとか、もう大好物すぎて——原《はら》先生、ありがとうございます、ありがとうございます！

と。ファン根性を丸出しにしたところで。

さて、映画「キングダム」のお話を。

小説執筆にあたり、私は二度、映画を観《み》る機会をいただけました。どちらも内々の試写会で、一度目はBGMや効果音、映像処理が未完成の状態のもの、二度目はほぼ完成品。

一度目に気付かなかった細かい演出に、二度目は幾つか気付きました。

二度目の試写会は小説の初稿を上げた後でシナリオを細部まで把握していたので、より集中して観賞できたからかもしれません。きっと三度目も、またなにかに気付くことでしょう。

映画が封切られたら、私も劇場に行くつもりです。

二月末現在、劇場では予告編がもう流れていました。

とあるハリウッド映画を観に行き、ロビーで待ち時間を潰《つぶ》していたところ。映画「キングダム」の予告を観たらしい若い女性の二人組の会話が耳に入りました。あれ観たい、と。

聞き耳を立てたわけではないので詳しい話はわかりませんが、私もその後に予告をスクリーンで観て納得しました。あああ、これは確かに観たくなる。予告という短い時間で伝わってきました、キングダムのあの、血湧き肉躍る世界が！

今から続編を期待しています。続編には必ず羌瘣が登場しますしね！　どなたが演じられるかはわかりませんが、きっと最高のキャスティングになることでしょう。

信じて疑わないのは、今作のキャスティングが素晴らしかったからに他なりません。

特に、信《しん》、嬴政、成蟜《せいきょう》のメインどころ。どなたもはまり役だったと思います。

漫画の実写化の場合、どうしてもイメージが微妙に合わなかったりすることが多いのですが、映画「キングダム」に関しては、それはほとんどないと言ってしまっていいと思います。王騎《おうき》の顎髭《あごひげ》の形まで再現していたのには驚きました。そこまでしなくてもいいのに、と私でなくても思う人はいるでしょう。とはいえ、そうした細かいこだわりが、作品の完成度を上げるのです。この映画、全編に制作陣のこだわりと愛が溢《あふ》れています。

さてさて、ちょっとだけ小説のお話を。

この本は、映画の脚本を元に執筆しています。セリフはできるだけ変更せずに、地の文で描写や説明を加えていく書き方で、可能な限り映画を再現しています。文章と映像という表現の違いがありますので細かな違いはありますが、映画「キングダム」を文章で体験するための本として、よいものになっているという自負があります。

この本を手に取ってくださった貴方《あなた》。もし映画をまだ鑑賞されていないのでしたら、ぜひぜひ劇場に足をお運びください！　すっごい映画ですから！

原先生、映画関係者の皆々様、素晴らしい映画をありがとうございました。

改めまして、ノベライズ版執筆の機会をいただけましたこと、お礼を申し上げます。

ほんとうに楽しいお仕事でした。映画続編、漫画を応援しつつお待ちしております！

二〇一九年春　藤原健市　拝

STAFF

原作：原 泰久「キングダム」（集英社「週刊ヤングジャンプ」連載）

監督：佐藤信介

脚本：黒岩勉　佐藤信介　原泰久

製作：北畠輝幸　今村司　市川南　谷和男　森田圭　田中祐介
小泉貴裕　弓矢政法　林誠　山本浩　本間道幸
エグゼクティブプロデューサー：木下暢起　伊藤響
企画：稗田晋　村田千恵子
プロデューサー：松橋真三　北島直明　森亮介　平野宏治
アソシエイトプロデューサー：高秀蘭
宣伝プロデューサー：小山田晶
ラインプロデューサー：小沢禎二
中国ユニットラインプロデューサー：角田道明
音楽：やまだ豊
音楽プロデューサー：千田耕平
撮影監督：河津太郎
美術監督：斎藤岩男
録音：横野一氏工
アクション監督：下村勇二
VFXスーパーバイザー：神谷誠　小坂一順
編集：今井剛
スクリプター：田口良子
衣裳デザイン：宮本まさ江
ヘアーメイク：本田真理子
助監督：李相國
制作担当：吉田信一郎
中国ユニット制作担当：濱﨑林太郎
撮影：島秀樹
GAFFER：小林仁
美術：瀬下幸治
装飾：秋田谷宣博
テクニカルプロデューサー：大屋 哲男
DIプロデューサー/カラーグレーダー：齋藤精二
キャラクター特殊メイクデザイン・特殊造形統括：藤原カクセイ
かつら：濱中尋吉
コンセプチュアルデザイン（山の民）：田島光二
中国史監修：鶴間和幸

製作：映画「キングダム」製作委員会
制作プロダクション：CREDEUS
配給：東宝　ソニー・ピクチャーズ エンタテインメント

CAST

信……………………山﨑賢人
嬴政・漂……………吉沢 亮
楊端和………………長澤まさみ
河了貂………………橋本環奈
成蟜…………………本郷奏多
壁……………………満島真之介
バジオウ……………阿部進之介
朱凶…………………深水元基
里典…………………六平直政
タジフ………………一ノ瀬ワタル

❖

昌文君………………髙嶋政宏
騰……………………要 潤

❖

ムタ…………………橋本じゅん
左慈…………………坂口 拓
魏興…………………宇梶剛士
肆氏…………………加藤雅也
竭氏…………………石橋蓮司

❖

王騎…………………大沢たかお

■初出
映画　キングダム　書き下ろし
この作品は、2019年4月公開（配給/東宝　ソニー・ピクチャーズ エンタテインメント）の
映画「キングダム」（脚本/黒岩勉　佐藤信介　原泰久）をノベライズしたものです

キングダム　映画ノベライズ
2019年4月17日　第1刷発行
2023年7月8日　第2刷発行

原作/原泰久
小説/藤原健市

装丁/岩崎修（POCKET）
発行者/瓶子吉久
発行所/株式会社　集英社

〒101-8050　東京都千代田区一ツ橋2-5-10
03（3230）6229（編集）
03（3230）6393（販売/書店専用）　03（3230）6080（読者係）
印刷所　凸版印刷株式会社

ISBN978-4-08-631300-1　C0193

キングダム

KINGDOM

春秋戦国年表

原作コミックス『キングダム』の物語を年表で紹介!

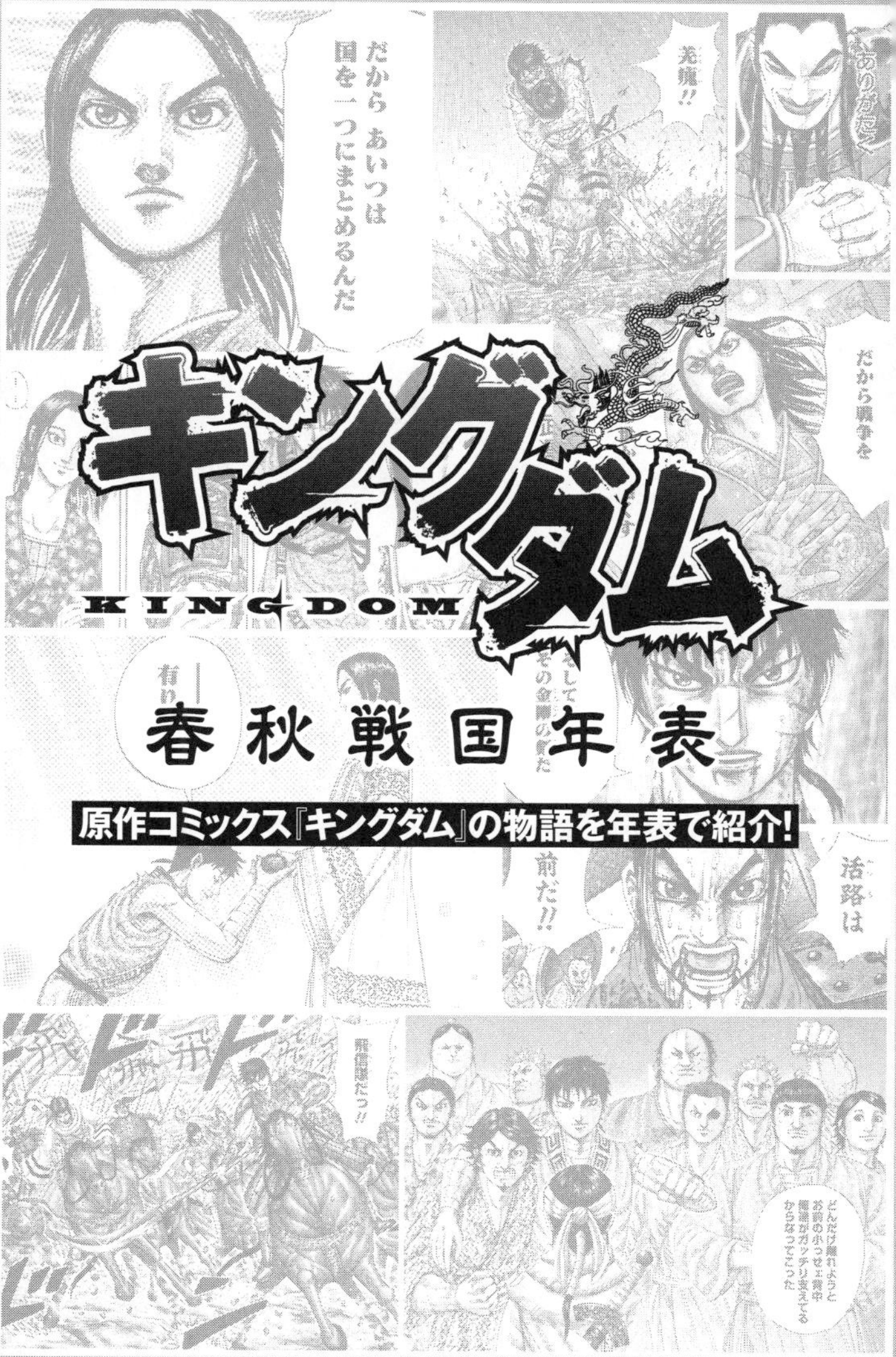

蛇甘平原の戦い

政からの功として、
土地を手にいれた信は
初めての戦場に出る。

第73話 帰

秦国屈指の苛烈な
麃公軍に配属。
同郷の仲間と死線をくぐり、
戦というものを知る。

王弟・成蟜の反乱 紀元前245

俺は中華を統一する最初の王になる
その協力を得に山の王に会いに来た

異母弟・成蟜による反乱で
王都を追われた政は、
山民族の女王に助力を請う。

400年の時を経て、
山民族と再び盟を結び直し、
王都奪還に成功した。

先の戦の武功が認められ
百人将になった信。
大将軍・王騎を総大将として
趙国との大戦に打って出る。

王騎将軍から直々に“飛信隊”の名をもらった
信の部隊は敵軍師の撃破に成功。

馬陽の戦い **紀元前244**

しかし、新たな趙国の強敵を
前に、王騎将軍は戦死。
その最期、信は大将軍の
矛を受け取る。

一つの時代が終わり、また新たな戦乱の世へと移ろうとしていた…。

登場人物紹介

嬴政 えいせい

秦国の若き王。
中華の統一を目指す。

信 しん

天下の大将軍を目指す。
秦軍特殊部隊・飛信隊の隊長。

山陽の戦い　紀元前242

そして信は、蒙驁将軍率いる魏との大戦に参戦する。敵は魏国の大将軍・廉頗が出陣。

次々と味方の将校が撃破され、信は臨時の千人将に抜擢。

新たなるライバルの出現。

【楽華隊】隊長 蒙恬《もうてん》

信と同世代で戦の天才。

【玉鳳隊】隊長 王賁《おうほん》

信と同世代で槍術の達人。

【飛信隊】

羌瘣 きょうかい

伝説の刺客の一族。
飛信隊の副長を務める。

河了貂 かりょうてん

山民族の末裔。山陽の戦い
以後、飛信隊の軍師となる。

列国の合従軍が秦国に侵攻。

趙の李牧、
楚の春申君により
列国が秦を
滅さんと決起。

秦国も全将軍を集めて、
これを迎撃。
飛信隊も最前線に
配置された。

山陽の戦い

信は激戦の末、将軍であり、廉頗の
四天王・輪虎を撃破。蒙驁将軍らの
奮戦により、魏軍の撃退に成功した。

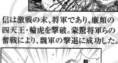

多大なる犠牲を払うが、各将の働きにより戦局は好転。さらに蒙武が楚の総大将・汗明を討つ。

一方、別働隊を見抜いた信は大将軍・麃公と共に、これを追う。李牧、龐煖らと交戦の末、麃公は戦死。

序盤から劣勢となった秦軍だが、信が趙の将軍・万極を撃破。

列国の合従軍が秦国に侵攻。

限界を超えた七日目。山民族の援軍により、遂に合従軍に対し完全勝利を果たす。

失意の中、秦国最後の砦・蕞に向かった飛信隊はそこで援軍の政率いる秦王軍と合流。

さらに信は、二人の大将軍の仇・龐煖にその武威を示した。

信は王賁と共に、再び魏との戦に召集される。

二人はそれぞれ魏火龍と呼ばれる敵大将軍を撃破。

秦王が正式に実権を握る式典で、長きに渡る政権争いの最終決戦が始まる。

呂不韋の謀略、太后の反乱軍により、咸陽は窮地に。三つ巴の争いは激化。

加冠の儀 紀元前238 | **著雍攻略戦 紀元前239**

敵総大将を取り逃がすが、これにより二人は五千人将に昇格。将軍まであと一歩の地位となる。

辛うじて飛信隊も救援に駆けつけ、反乱軍を鎮圧。秦王・嬴政の完全勝利となる。